Petr Manteuffel

Der Mann, der die Frauen-Europameisterschaft gewann

Petr Manteuffel

Der Mann, der die Frauen-Europameisterschaft gewann

Roman

KLAK

Die Geschichte

beginnt wieder einmal in der Bahn, Magdeburg Hauptbahnhof; die Fassade des Bahnhofsgebäudes wurde im Stil eines Palazzos aus Sandsteinquadern erbaut, die Bahnsteige sind von gewölbten Hallendächern überspannt, kurz vor der Einmündung der Gleise in die Halle ragen rechts noch Kirchtürme hinter und zwischen den Dächern von Miets- und Bürohäusern, am Gleis drei erhält Einfahrt

dein Express von Wien, diesmal noch über Prag, weiter via Děčín/ Tetschen, über Dresden über Leipzig über Halle, Weiterfahrt… Schon in Köthen und dann Calbe hat der Zug verlangsamt und fuhr gemächlich an den Schranken der Übergänge vorbei, als ob die Städtchen längst Vororte Magdeburgs wären, als ob er zögerte bis wohin er dich noch bringen soll; die Weiterfahrt wird nun gehen in Richtung Hannover und Köln um 12 Uhr 26

Reisende holpern draußen die Stufen des Ausstiegs hinab in die Freiheit

und hinter dir stecken im Gegenzug auf der Suche nach einem Sitzplatz neu Zugestiegene den Kopf zur Tür herein. In der doppelten Glasscheibe des halb heruntergezogenen Fensters spiegeln sich ihre Visagen zusammen mit der deinen, die meiste Zeit jedoch überlagert dein durchsichtiges Abbild das Geschehen auf dem Perron, wo eine elegante Dame an ihrer Zigarettenspitze nuckelt. Unter der Kostümjacke zuppelst du am Band deiner Medaille, die man dir statt eines Ankertaus freundlicherweise um den Hals gespannt hat. Das Metall liegt kühlend in der Hand, im nächsten Moment reißt du es vielleicht ab und schleuderst es quer über diesen eleganten Frauenkopf mit dem unmenschlich glatten Gesicht, hinweg, bis es schön flach aufs nächste Gleis segelt. Das eigene Gesicht hingegen – durch die Betrachtung der Dame angeregt fasst du dir hinein, es ist alles andere als glatt, seit deinem Sieg vor drei Tagen hast du es nicht mehr rasiert, hast auch die Brust und die Unterarme nicht rasiert, geschweige denn die Unterschenkel. Und siehe da: es ist auch nichts geschehen. Bislang.

Denn was du während der Fahrt im Fenster betrachtest hast, bist die meiste Zeit du selbst. Seit Leipzig mit dabei eine Kleinfamilie, das Ehepaar Erich und Berta mit deren Zwillingsschwester Hertha, könnten alle fast deine Eltern sein, sogleich haben sie die Marschverpflegung ausgepackt, haben gevespert, dir bemüht lächelnd ein Fettbrot mit saurer Gurke angeboten und wenn du dich wegdrehtest untereinander Blicke, besorgte Blicke ausgetauscht. Seit Leipzig haben sie es sich wohnlich gemacht mit ihrem Problem; unter deren Geschmatze hast du mehr oder weniger unfreiwillig in Erfahrung gebracht, dass sie aus der gynäkologischen Privatpraxis von Professor Küstner zurückkehren. Professor Küstner ist Bertas anhaltenden Beschwerden zum Trotz eine Kapazität.

Septemberlandschaft, mit schwarzweißroten Fahnen durchsetzt. Du hast in deiner Ecke die flaumbewachsene Wange ans Glas gedrückt; bei Nienburg haben am Flussufer sitzende BDM-Mädel dem Zug zugewunken. Erichs und deine Schuhe wie vier Tiere, umsichtig ineinander verschränkt so wie er sich dir gegenüber hingesetzt hat. Während die Schwestern sich unterhielten, versteckte er sich hinter den Lettern seiner veralteten Ausgabe der Nationalzeitung, nur gelegentlich lugten das gestutzte Ziegenbärtchen und das linke Auge um den Rand des Papiers zu dir herüber. Mal schienen die Schlagzeilen vor seinem Blick wegzuschwimmen wie die Wanderschrift an einem Bahnhofsgebäude, mal mochte man meinen, er lerne die Zeitung auswendig. Auf der dir entgegengewandten Seite in fetten Lettern Mussolini: »Wenn für oder wider Prag der Aufmarsch universellen Charakters kommen sollte – Italiens Platz ist gewählt!« *Erich, der Mann in der Pflicht, denn Professor Küstner ist eine Kapazität. Und so bleibt unserem Erich kein anderer Trost, als dass er in seinem Beruf auch einen Professor abgibt, zumindest wenn er vor seiner Schulklasse mit Zeigestab und Kreide in der Hand steht.*

»Prag fühlt sich stark genug, einen Weltkrieg zu entfesseln«, *titelt die vorgestrige Ausgabe vom 19. September 1938; während der dreizehn Stunden Fahrt mit dem Express von Wien nach Dresden hast du das Gebiet durchquert das, wie die Zeitungstitel besagen, einschließlich Prag demnächst zur Resttschechei schrumpfen wird. An der Grenze bei Děčín ist der Zug an einer frisch zusammengetrommelten Abteilung des Sudetendeutschen Freikorps vorbeigefahren,* »Die Stunde der Befreiung naht – ein Aufruf des Sudetendeutschen Freikorps«, *jeder zweite von ihnen einen Karabiner oder eine großkalibrige Pistole in der Hand, und der unbewaffnete Rest trottete mit, eine Bankfiliale oder Polizeistation zu überfallen bereit.*

Zuletzt ist dann kurz vor Magdeburg die Schwägerin Hertha, eine ganz andere Sorte von hübsch, im Sommerkleid, statt Vornehmheit eher Blut und Milch vom Lande, unauffällig auf den Gang hinausgeschlüpft in Richtung Toilette. Ehefrau Bertas kurze Finger haben in der Zwischenzeit Wurst und Graubrot ins Essgeschirr verstaut, sorgfältig den Deckel verschlossen und das Ganze weggepackt; die Unterarme sind mit feinen dunklen Härchen bedeckt; das Ehepaar macht stockende Anstalten zum Aussteigen, mag aber aus irgendeinem Grunde deine Nähe nicht verlassen. Unversehens gesellt sich im Spiegel des Fensters zu deinem stoppeligen Kinn und der Zigarettenspitze der auf dem Perron stehenden Dame auch noch die Gestalt des backenbärtigen Schaffners hinzu, der eben noch auf der Strecke die Fahrkarten kontrollierend durchgegangen ist. Jetzt steht er hinter dir in der Abteiltür, hinter seiner Schulter drängt sich die zurückkehrende Hertha. „Keine Sorge, hier ist es ja, das ist die... die Person, wird sich alles klären, die Geschichte mit der Identität oder was auch immer sich klären wird“, lässt der Schaffner verlauten und gibt seiner Tasche einen Klatsch, wendet dir seine Körpermasse langsam und instruktiv zu, ungefähr wie der Herr Lehrer zu einem Prüfling an der Tafel.

Berta und Erich erheben sich in der entstandenen Enge von den Sitzen, drehen wie eineiige Zwillinge zur Tür bei – und pflanzen sich doch wieder zwischen das ausstiegsfertige Gepäck, Berta entschieden erwartungsfroh, Erich greift suchend in die Tasche, holt wieder die Nationalzeitung, Organ der NSDAP, *heraus und faltet sie auseinander, als wollte er dir weiter bis nach Bremen Gesellschaft leisten. „Prag fühlt sich stark genug... hoffentlich werden diese Resttschechen mit ihrem Präsidenten Benesch endlich aufhören, Ärger zu machen!"*

„Erich", meldet sich eine Spur zu laut die Ehefrau, weist auf zwei Zivile in Ledermänteln hin, die sich unauffällig auf dem Gang aufhalten, und streicht sich die grüne Kostümjacke zurecht über dem Bauch, in dem trotz der Ka-pa-zi-tät von Professor Küstner kein Wesen – weder Fisch noch Kind – heranwächst. Und stupst bei der Bewegung ihren Mann mit dem Ellbogen in die Seite. Erich wehrt es mit dem rötlich behaarten Handrücken ab und blättert um; wenn es nach ihm ginge, könnte man da unten bei Berta alles rausreißen, damit endlich daheim Ruhe einkehrt. Seit Leipzig haben sie vespernd ihr Problem durchgekaut das sie von Professor Küstner hierher bringen, haben Zeitung gelesen, vor allem aber während der überaus sprechenden Gesprächspausen dich in der Fensterecke angelächelt, jawohl, denn du bist eben anders, eine besondere Maschine ohne Seriennummer, du bringst Leistungen, die für andere nur schwer erreichbar erscheinen, weil...

du weißt nicht recht... vielleicht weil sie bleiben wollen wo sie sind...

***

da

kamen viele Hunde,
und gruben ihm ein Grab
und setzten ihm ein´ Grabstein,
auf dem geschrieben stand:

Ein Hund kam...

Berlin-Schlachtensee. In einer der Villen kommt am Morgen das Leben in Gang. Auffallend lange Nase, blonde Haare, vor allem aber schwer zu fassende Augen mit einem Hauch von Silberblick schauen unserem Mann aus dem beleuchteten Spiegel entgegen. Von rechts fällt Tageslicht durch das Sprossenfenster ein. Hinter ihm neben einem Handtuchgestell ist im Spiegel eine Alarmanlage zu sehen, bis auf diese Besonderheit befinden wir uns in einem gutbürgerlichen Bad, allemal gutbürgerlicher als das vollgestellte Wohnzimmer auf der anderen Seite des Flurs. Die rechte Wange ist penibel freigeschabt, die linke weiterhin vom Rasierschaum verdeckt, mehr denn Rasieren ist es eine zum Selbstzweck überhöhte Pflege, die er in den morgendlichen Stunden seinem Körper angedeihen lässt. Wo Mercedes-Benz 320 den Prototyp eines Automobils darstellt, gibt er selbst den Prototyp des nordischen Mannes ab. Der ihm da entgegenblickt heißt Reinhard Heydrich, vierunddreißig Jahre alt, seit fünf Jahren Leiter des Sicherheitsdienstes der SS und nun das zweite Jahr Chef der Sicherheitspolizei im Reich. Gegen die geriffelte Türzarge stemmt sich seine Frau Lina: „Sag dem Schmidt, dass er seinen Hund nicht von der Leine lassen soll. Sonst muss mir im eigenen Hause angst und bange um die Kinder..."

„Muss dir ganz und gar nicht. Der Hund ist als Zugwachtmeister zum Respekt einflößen eingestellt und weiß selber, was Respekt bedeutet. Steht allemal ranghöher als dein Schmidt, der ja lediglich den Dienstgrad eines Rottenführers innehat." Heydrich betrachtet die beiden Gesichtshälften. Wenn er sich da lange genug hineinsieht, wirken sie beide gleich, gerade dank der schaumbedeckten linken Wange.

Auf einer Zwei-Drittel-Geige herumfiedelnd läuft der fünfjährige Sohn vorbei. „Nicht so hastig, Klaus", ruft Lina ihm mit Lehrerinnenstimme nach, „du haust mit der Geige noch irgendwo gegen... Langsam, Klaus, langsam, hab ich gesagt!, das ist kein Säbel, was du in der Hand hältst!" Lina, geborene von Osten, siebenundzwanzig Jahre, dunkelblond, kleinadelige Lehrerstochter. Kennengelernt bei einem Ruderball in der Kieler Tonhalle, war dort noch in ihrer Eigenschaft als Berufsschülerin, aber die ganze unverwüstliche Person steckte bereits fertig ausgebildet drin. „Mein Schmidt! Mein Schmidt...", wendet sie sich wieder ihrem Mann zu, „na wenn du meinst... Isst du heute Abend mit?"

„Kommt darauf an, wie schnell mich der Himmler laufen lässt. Oder ich ihn, genauer ausgedrückt."

Der kleinere Sohn Heider kommt hereingetrippelt und klammert sich an Heydrichs Bein. Da kann man sich hervorragend festhalten; von den weichen Hüften ausgehend, ist Papas Bein recht stämmig im Verhältnis zu dem schmalen Oberkörper. Der Vater greift mit der freien Linken nach hinten und schiebt ihn von sich weg zum Fenster. Durch die beschlagene Scheibe sieht Heider dem verschwommenen Schmidt zu, wie der im Nieselregen von einem Bein aufs andere tritt, daneben der unscharf am Beet schnüffelnde Hund. Die dienstliche Obliegenheit des Rottenführers ist das Herumstehen und -sitzen. Der Hund hebt das Bein, Schmidt scharrt mit dem Stiefel Erde über das versickernde Pfützchen, schaut sich nach links und rechts um, über den Gartenzaun zur anderen Villa wo jeden Augenblick die Dame des Hauses mit ihrer bald erwachsenen Tochter zur Tür herauskommen wird. Er greift in die Jackentasche, steckt sich einen Stengel unangezündet zwischen die Lippen und wendet sich nach dem Hund um. Wenigstens der hat seine Beschäftigung: er hechelt.

„Mama, meinst du, dass der Hund Salamischeiben isst?"

„Frisst, Heider, der Hund frisst. Den darfst du nicht füttern, das ist ein Diensthund. Geh und hol deine Brille! Wo hast du die Brille gelassen?" Heider tastet sich zwischen den väterlichen Beinen hinaus, als Ablöse kommt Klaus mit seiner Geige an die Tür:

...in die Küche,
und stahl dem Koch ein Ei
da nahm der Koch den Löffel...

Eigentlich möchte Lina über gänzlich anderes als den Hund und Schmidt und Dienstränge reden. „Ich lasse heut Abend jedenfalls für dich decken. Egal, wann du kommst..."

„Du weißt ja wie das ist. Nur mal unter uns gesagt, bei vierzehn Stunden Dienst musst du mir schon mal zugestehen, dass ich..." Sagt er mit allem Nachdruck, den ihm seine Stimme erlaubt. Gerade in unfreundlichen Situationen stört sich Heydrich mit seinen musikalischen Ohren am eigenen Tristan-Tenor, der ihm seinerzeit in der Kieler Marinekadettenanstalt den Spottnamen »Ziege« eingebracht hat. Man hört sich selber nicht richtig, so ähnlich wie man sich nur bedingt riecht und mitunter auch riechen mag – und hört und riecht sich doch. Klaus, dem das elterliche Gerede langweilig geworden ist, setzt den Bogen wieder an:

Ich möcht vor tausend Thaler nicht,
Dass mir der Kopf ab wär,
Da spräng ich mit dem Rumpf herum,
Und wüsst nicht, wo ich wär...

„Hast du Kopfschmerzen? Siehst mir ganz und gar danach aus. Meinetwegen geschieht dir recht", fährt Lina fort, und es klingt so wie sie ihm zuschaut einfach nur sachlich. Beim Reichsführer SS Himmler wird er heut Mittag referieren... wo er seine Dienstauffassung meistens gegen die eingeschränkte Konzentrationsfähigkeit seines Vorgesetzten durchziehen muss. Der Schaum schält sich von der Wange ab, die Ungleichheit der beiden Gesichtshälften kommt zum Tragen. Der schmale Kopf sitzt dem Hals steif auf – und dem Oberkörper eines trainierten Fechters.

„So nicht, Klaus!" Heydrich wischt sich einen Fitzel Schaum ab, eilt mit ein paar Schritten ins Wohnzimmer, greift mit den langgliedrigen Händen die eigene Geige neben einem Fechtsäbel von der Kommode und spielt das von Klaus intonierte Lied richtig:

...dass mir der Kopf ab wär,
Da spräng ich mit dem Rumpf herum,
Und wüsst nicht, wo ich wär
Die Leut schrien all und blieben stehn:
Ey guck einmal den! Ey guck einmal den!

wandert dabei den Flur hoch und runter, im Lauf korrigierend, ey ey guck einmal den, ey guck mal da, guck mal hier... und wechselt zurück in

...und schlug den Hund zu Brei

hinüber. Er ist ein veritabler Geiger. Legt das Instrument neben den Säbel und kehrt ans Waschbecken zurück. Die Geige schaukelt noch ein Weilchen hin und her, eine Schmauchspur von Rasierschaum klebt an der Politur, kriminologisch betrachtet ein Kinnabdruck. Klaus lässt seine Zweidrittel-Geige in der Hand hängen.

„Warst du gestern Abend wieder mit deinem Schellenberg unterwegs?“, greift Lina das Gespräch wieder auf. „Der Schellenberg sieht aus wie ein Pferd. Bis auf seinen Schmiss. Das ganze Gesicht flieht nach hinten, wie die Person sowieso.“

„Du meinst den Kaltenbrunner. Ernst Kaltenbrunner. Den hab ich doch längst nach Österreich zu Seyß-Inquart geschickt, damit er sich um den Aufbau der Wiener Zentrale kümmert.“

„Gut. Also nicht mit Schellenberg, sondern mit dem hässlichen Gestapo-Müller“, lässt Lina sich nicht beirren. „Ich habe nämlich auch meine Nachrichtenkanäle, nicht nur du.“ Heydrich schüttet sich Pitralon in die hohle Hand, wendet sich zum Fenster und massiert die Wangen ein. Lina sekundiert von hinten. „Ich glaube, der Schmidt hat ein Auge auf mich geworfen.“

„Unser Schmidt da draußen? Na, wenn du meinst...“

„Er starrt mich manchmal so selbstvergessen an... wenn er glaubt, dass ich´s nicht merke. Untersteh dich, ihm irgendwas Politisches anzulasten!“

„Meinem Schmidt was Politisches? Dann doch lieber seinem Zugwachtmeister dem Hund. Alles in Ordnung jetzt?“

Lina prüft mit dem Handrücken die Glätte seines Kinns: „So kannst du dich bei Professor Breker sehen lassen. Du? Reini? Den Rasierschaum musst du trotzdem nicht auf den Boden abschütteln...“

„Wird das böhmische Dienstmädchen schon wegwischen.“

***

»**Der Fechter**«, von Ottmar Obermaier, hergestellt 1938 durch die Porzellanfabrik Allach. Die Porzellanplastik zeigt den wehrhaft durchtrainierten Arier, für welchen Reinhard Heydrich Modell gestanden hat.

2

...Berta und Erich pflanzen sich doch wieder ausstiegsfertig zwischen das Gepäck. Ein Schweigemoment. „Heil Hitler!“, sagt danach gleichsam aus der zweiten Reihe hinterm Schaffner der korpulentere der beiden Ledermäntel in jovialem Ton ein.

Berta stößt mit dem Knie unterm Kattunrock ihren Mann an der Hüfte. „Erich, jetzt sag endlich mal was...“

Den Kopf eingezogen, schiebt sich der baumlange Erste mit einem ausgreifenden Schritt an seinem Kollegen vorbei. Es wird enger im Coupé. „Ihre Kennkarte bitte!“, Kennkarte verflixt nochmal... wo hab ich die Kennkarte abgelegt... statt der Kennkarte gräbst du in der Reisetasche den Liebesroman zu einer Mark »Spiel mit den Flammen« von Alfons Zech aus... auf dessen abgeriebenem Schutzumschlag schauen Held mit Heldin in Umarmung am Tauwerk einer Yacht aufs Wasser hinaus. Des Weiteren kommt unter dem unnützen Rasierzeugs ein grauer Ausweis zum Vorschein, ausgestellt im November 1936 aus Anlass deines achtlos begangenen achtzehnten Geburtstags. Du streckst den Arm aus und hältst ihn zwischen Zeige- und Mittelfinger hin wie eine zerknickte Karo-Sieben: „Hier, das ist der Ausweis vom Leichtathletikverband.“

Der erste Zivile beugt sich mit dem Schnauzer über das Papier, erkennungsdienstlich: „...wenn ich bitten darf! Was... was soll das hier darstellen? Ähm... Trude Steckel... Vorname Trude... das sollen Sie sein?“

Du nickst. „Übrigens hier unten – mit eigenhändiger Unterschrift des Präsidenten Karl Ritter von Halt...“

„Das da... die da hat nie und nimmer gar keine Kennkarte... Oder was meinst du, Erich? Erich, du kümmerst dich nie... du passt nicht im

Geringsten auf, was um dich passiert...", flüstert die Frau ohne den Blick von deinem Schoß zu wenden, flüstert scharf genug damit alle es hören.

„Du weißt ja, wie das ist", antwortet Erich und knüllt die Zeitung zusammen.

„... Wie was ist? Kennkarte?", fährt die Frau fort, „Kennkarte nie und nimmer! Vielleicht gräbt man nochmal in der Reisetasche von dem Individuum nach was da sonst noch versteckt ist. Was meinst du, Hertha?"

„Heil Hitler... das ist ja mordslustig... ", stößt Hertha, die hübschere Schwester, die Luft heraus, welche sie vor lauter Spannung angehalten hat.

„Eine kurze erkennungs... ähm dienstliche Feststellung, tut nicht weh", begütigt der gemütlichere zweite Beamte. An den rosa Wangen zeichnen sich verästelte Äderchen ab. Der Mantel offen, der unterste Hemdknopf ist gelöst, darunter die kleine Rundung des Bauches. „Kurz und bündig, Sie werden sich bestimmt schon denken, was los ist! Gibt... noch andere Züge nach Hannover. Kriminalsekretär Sömmering."

„Krieg´ ich den Ausweis wieder?", entfährt es dir in unvertraut heiserer Stimme. Was du die vergangenen Erfolgswochen hast nahen sehen, fühlt sich da es nun eingetreten ist vollkommen anders an. Du streichst dir das Kleid überm Schoß ordentlich, um desto ungezwungener unter der Jacke nach der Medaille zu angeln. Hier drauf steht es – Hochsprung Damen, *drehst sie um, ergänzend lautet denn auch die Prägung auf der Kehrseite:* Europameisterschaften Wien 1938.

Der Ehemann Erich schlägt der Frau ungläubig mit der Zeitung auf den Arm: „Eine Siegermedaille? Das glaubste nie und nimmer! Berta – und du immerzu mit deinen Verdächtigungen!"

„Es gibt noch andere Züge nach Bremen, nicht?", fährt Sömmering unbeeindruckt mit seiner Ansage fort, „kommen Sie mit auf den Bahnsteig, da schaun wir uns das ganze Mensch bei Tageslicht an!"

„Und wenn ich... mich weigere?"

„Wie denn? Wie weigern?" Sömmering ergreift das Metall und zieht verhalten freundlich an dessen schwarzweißrotem Ankertau.

„Ist doch klar – wenn ich mich Ihren Anordnungen widersetze!"

„Wieso widersetzen? Dann machen Sie sich des Widerstands schuldig! In dem Fall... dann müssen wir halt Gewalt anwenden, nicht wahr?"

„Lass mich mal, Sömmering, das wird so nichts", schaltet sich der knorrige Kollege dazwischen.

„Ich... ich muss nach Hannover... und dann weiter nach Bremen. Weil... ich bin... die hier abgebildet, da, im Ausweis, oder bin ich das nicht? Da steht's auch, in der Zeitung von dem Herrn dort, die letzte – die Sportseite, in Großbuchstaben, zeigen Sie's denen doch!, im Hochsprung... Steckel übersprang 170 cm..." Hochsprung, stimmt, aufspringen, Fenstergriff ganz herunterziehen mühelos auf dem Bahnsteig landen zwischen der an ihrer Zigarettenspitze nuckelnden Dame und deren fünfjähriger Tochter mitsamt Angorakaninchen, das die Kleine in einem Vogelkäfig trägt; die abgelatschten Pumps abgeworfen, im Galopp losgerannt durch das gebremste Gewimmel Vorbeiströmender...

„Die? Der da... hat ein Gemächte... Gemächte!, hab es genau beobachtet, wo er, ähm, sie, wo es aufgestanden ist!", tupft sich Hertha triumphierend die Stirn mit Eau de Cologne 4711 ab. Endlich wird klar: Herthas gegenüber der unfruchtbaren Schwester vorteilhafteres Aussehen liegt einzig am Gesichtsausdruck, der noch eine Menge Erwartung enthält von dem was kommen mag. „Tschuldigung, Herr Schaffner, was ich fragen wollte – wie ist es eigentlich, ich begleite nur meine Schwester und meinen Schwager hier auf dem Weg von einer ärztlichen Behandlung in Leipzig, wenn Sie wissen was ich meine... Ich fahre morgen die Strecke weiter nach Berlin, ist doch der Anschlusszug um die gleiche Zeit? Wie bitte? Ist aber grad unerträglich spannend das Ganze hier, nicht?"

Der Schaffner hebt deinen Koffer aus dem Netz und nimmt ihn hart an den Köpfen der Eheleute vorbei herunter. „Los, Mädel, für jede Minute Verspätung, die der Zug deinetwegen ansammelt, blätterst du fünfzig Reichsmark hin! Kannste dir gar nicht leisten!", Beamtenhände ziehen deine neunundfünfzig Kilo hoch, nicht länger halten es die Schwestern aus: Seit wann darf das Zug fahren? Das wird ihm eine Lehre sein! Ein Kerl in Frauenkleidern, unrasiert und wer weiß was man da noch findet...

„Wir wollten uns doch nur die Medaille anschauen...“, wehrst du dich in der unvertrauten Umarmung. „Ich habe einen Wettkampf in Bremen...“ Auf der Plattform des Ausgangs strampelst du dich wieder hoch und kehrst um, für einen Moment von blödsinnig aufgeräumter Ruhe erfüllt: „Ich steig nicht aus!“

„Bloß keine Zirkusnummern hier aufziehen, meine liebe, du darfst deinen Wettkampf schön bei uns in Magdeburg austragen! Hast du überhaupt eine gültige Fahrkarte?“, umgreift der Schaffner dich mit deiner eigenen Tasche von rechts und dem Koffer von links...

„Den Mantel hat er vergessen. Den Mantel!“, souffliert Ehemann Erich, über den schnellen Abgang gewissermaßen enttäuscht, aus der Abteiltür.

„Hannchen, mach den Leuten Platz, damit sie in Ruhe aussteigen können“, sagt die Dame mit der Zigarettenspitze zur Tochter, die auf dem Bahnsteig ihren Vogelkäfig umklammert; das strohblonde Haar des Kindes vermengt sich zwischen den Gitterdrähten mit dem Fell des rotäugigen Tieres. Ein Pumps löst sich von deinem Fuß und nimmt die Stufen in kurzen Sprüngen wie Aschenputtels Pantoffel. „Warum darfst du nicht weiterfahren?“, fragt Hanne dich mitten ins Gesicht, und an ihrem Mundwinkel bildet sich eine Blase aus Speichel. „Guck mal da, Mama, die Frau hat man auch aus dem Zug rausgetragen... Mama, guck mal!“

„Hannchen, jetzt lass die Frau in Frieden, die hat niemand rausgetragen, man hat ihr lediglich hinaus geholfen, das ist was anderes.“ Die Dame drückt ihre Zigarette aus, fasst die Kleine bei der Schulter und grüßt vorm Einsteigen in die erste Klasse nonchalant zu den Kriminalbeamten hin: „Heil Hitler!“

Der zweite Kriminalbeamte zwickt Hannchen in die Wange: „Heil Hitler!“

Soweit zu den **Medaillenspielen**

3

Salon Kitty diesmal nicht

Sie ärgerten sich sehr. Ärgerten sich über Gestapo-Müller im Singular, über die Weiber in der Mehrzahl. Sie, ja, Herr SS-General Gruppenführer Reinhard Tristan Eugen Heydrich ärgerten sich über Ihren blutjungen Chef des Auslandsdienstes Walter Schellenberg, die Rotznase eine, der Sie gestern unter dem fadenscheinigen Vorwand einer Gallenkolik oder von Leberwickel oder sonstwas im Stich gelassen hatte, so dass Sie mit dem Gestapo-Müller auf Tour hatten gehen müssen... vertane Lebenszeit das. Hätten sich problemlos an den Damen im Salon Kitty alias Pension Schröder in der Giesebrechtstraße zwecks Inspektion bedienen können, stattdessen saßen Sie untragbar nüchtern in irgendeiner Berliner Allerweltsbar und beobachteten den Schellenberg den Halunken, der unversehens ja die Gestalt Ihres Müllers des oberbayerischen Dorfbüttels angenommen hatte, loyal bis aufs Blut, wie dieser Schellenberg-Müller so ein blondes Neuköllner Gewächs bei der Hand fasste: „Trägst keinen Ring?"

„Ich und Ring?", entblößte das Arbeitermädchen die auseinander stehenden Zähne. „Verlobungsring oder... wie meinen Sie das?"

„Hast keinen Liebsten oder wie?" Hast keinen Liebsten! Simpler ging's beim Müller nimmer, direkter unverfrorener auch nicht!

„Und Sie? Was ist mit Ihnen? Und was macht Ihr Freund da für Grimassen?" Grimassen? Der stoppelige Quadratschädel Müller mit seinem tönenden Bariton! Seit Sie ihn 1933 in der Münchener politischen Polizei akquiriert hatten, wo er zum Lager der Nazi-Gegner tendierte, hat sich der Müller als erstaunlich anpassungsfähig und zudem effektiv erwiesen. Umso unerträglicher wie er nun am Kneipentisch mit seiner Masche fortfuhr. Und natürlich spielte die Uniform bei seinem Gebaren die Hauptrolle, wo Sie selbst trotz all Ihrer Rangabzeichen lieber in Zivil erschienen waren... Dem Verräter Schellenberg hatten Sie bestellen lassen, er habe sich in Zivil einzufinden, Ihren Müller fochten solche Winke mit dem Zaunpfahl nicht an, womöglich hatte der daheim im Schrank überhaupt kein Zivil hängen. „Sie sind wenigstens lustig. Ihr Freund ist mir

dagegen ein bisschen unheimlich", lehnte das Mädchen sich in Schellenbergs-Müllers Richtung. Im Salon Kitty dagegen, da hatte man aus halb Europa sechzehn »schöne Damen« mit überdurchschnittlichen Fremdsprachenkenntnissen zusammengesucht, nicht zu vergessen die heimischen Amateurinnen aus der eleganten Gesellschaft, nazitreu und erotisch ausgehungert, gemäß der internen Verfügung des Sicherheitsdienstes. Nee, sich im Salon Kitty bedienen... das wäre Ihnen zu billig gewesen gestern Abend. Wo war denn Ihre Begleiterin hin, verschwunden futsch und davon... ausgeflogen. „Wo ist meine... die von mir... hingegangen?", fragten Sie hinüber zu dem Mädchen, das mit Schellenmüller schon so gut wie am Poussieren war.

„Die unterhält sich mit dem Oberkellner." Wie konnte der Müller so einer Arbeiterin gefallen? Seine Pfoten mit den eckigen Fingern mussten doch den Weibern Unbehagen verursachen, genauso wie bei etwas strengeren Verhören den politischen Verbrechern! Das zweite Mädchen kam zögernd zurück, eine blonde Stute, an Lina erinnernd, nur eben nicht so keifig verhärtet, und – ließ sich im Vorbeigehen einen Tisch zu früh bei der Konkurrenz nieder, wo sie vorhin von einer Bekannten gegrüßt worden war. Setzte sich anstandshalber nur mit einer prallen Pobacke auf den schräg gestellten Stuhl, damit es nicht den Anschein erwecke, sie habe Ihnen gänzlich den Laufpass gegeben.

Einmal hatte der echte Schellenberg sich nicht entblödet, Sie selbst, also den Chef persönlich, den »CH«, im Salon Kitty abhören zu lassen! Hatte vorgeblich die in den Doppelwänden versteckten Geräte einschließlich Fernübertragung abzuschalten vergessen. Was war nun gestern Abend wirklich dran an Schellenbergs angeblicher Indisposition? Der Achtundzwanzigjährige soll etwas mit der Leber haben, dafür gibt es schließlich Ärzte wie zum Beispiel unseren Orthopäden Professor Gebhardt in Hohenlychen. Was glotzten die Leute vom Nachbartisch, als ob sie gerade Ihr damals von Schellenberg aufgenommenes Bettgeflüster einschließlich der derben Sonderwünsche vom Band vorgespielt kriegten? Die verräterische Beinahe-Lina ließ alle Rücksichten fahren und schob ihren Stuhl in aufreizender Manier an deren Tisch heran... stützte sich mit beiden Ellbogen auf die Platte. Unarten das, alles was man in Gesellschaft nicht tut, Ihre Söhne Klaus oder Heider durften das daheim am Schlachtensee nie. Eine Weile betrachteten Sie sich das scheinbar interessiert, dann blökten Sie gegen die drei männlichen Gäste mitsamt den beiden Mädchen los: „Was glotzt Ihr denn so!? Sie da mit der Brille auf der Nase! Ist etwas nicht richtig? Ich bin der Chef der Gestapo und aller sonstigen Ämter an der Prinz-Albrecht-Straße! Ich kann Euch alle ins Konzentrationslager sperren lassen, mitsamt dem Gestapo-Müller hier! Ohne mich ist er nix, den Müller hier hab ich gemacht!" Die Gäste sahen abwechselnd auf Sie und auf den uniformierten Rücken Müllers, dann lachten sie unentschieden los, wurden lauter, zeigten auf Sie wie man's in anständiger Gesellschaft bleiben lässt, lachten Sie aus, lachten... Der stumpenhafte Gestapo-Müller mit den blutunterlaufenen Augen streichelte seiner Blondine den Handrücken: „Keine Sorge, das wird schon wieder. Solche Anwandlungen hat er halt manchmal." Irgendjemand bestellte ein Bier für Ihre abhanden gekommene Beinahe-Lina, nein, nur ein sauberes Bierglas, und goss von der Sektflasche einen zünftigen Schluck ab.

4

Das Subjekt

Das neobarocke Hauptportal des Magdeburger Polizeipräsidiums wird von vier klassizistischen Doppelsäulen flankiert. Der knorrige Kripomann faltet sich aus dem Polizeiwagen heraus, umgeht das Heck und öffnet den Schlag für die Delinquentin. Untergehakt durchquert das ungleiche Trio, vorbei an Antragsstellern Kleinkriminellen SS-Leuten, den krankenhausgrünen Flur bis zur Dienststelle Dezernat XIII, wo es vom Hauptsturmführer Jörn erwartet wird. Ein klein wenig, sozusagen dienstlich außer Atem, baut Sömmering sich neben seinem Fang auf wie ein Schäferhund neben der erjagten – Maus. Jörn, in voller Montur auf eine Stuhllehne gestützt, schiebt scharrend das Sitzmöbel in Steckels Richtung. „Mensch, hinsetzen, Sie sollen sich setzen!“, befiehlt Sömmering, dreht den Stuhl herum und drückt Trude an der linken Schulter herunter, mit dem Erfolg, dass die Delinquentin nunmehr schief steht.

„Jetzt lassen Sie man, Sömmering, mer machen das schon, gell“, beschwichtigt der Hauptsturmführer den Kommissar und streckt den Arm in Trudes Richtung aus, wie um sie an der Wange oder sonstwo zu tätscheln. „Sie braucht sich keine Sorgen zu machen, wird sich schon alles klären, so oder so.“ Trude macht einen halben Schritt vor, hinter ihrem Rücken schleicht vom Flur eine Wächterin mit munter wippendem Pferdeschwanz herein und hält neben der Tür inne, bereit, den Raum jederzeit zu verlassen. „Frau Kortenkamp, gut dass Sie da sind, können Sie den... die... das da untersuchen?“

„Wir gehen dann einfach. Sie kriegen das schon ohne mich geregelt, sozusagen“, verabschiedet sich Sömmering zackig. „Ich kümmer mich solange um Bremen. Wenn Probleme irgendwelcher Art auftreten sollten, bin ich übermorgen spätestens zurück; von mir aus...“

„Kümmern sich um Bremen!? Veranstalten Sie mir da ja keinen... nicht zuviel Wirbel, in Bremen. Meines Erachtens hätten wir lieber ne Reaktion aus Berlin abwarten sollen“, schickt Jörn ihm gottergeben hinterher, da ist der Kriminalsekretär schon unterwegs, der Sömmering halt. Im grünlichen Licht der Deckenleuchte sieht Jörn sich mit dem Subjekt konfrontiert. Damenhaft, in grauem Jackenkleid, fleischfarbenen Strümpfen und hellen Damenschuhen hatte Trude S. sich am 20. September 1938 in den Zug Richtung Hannover und Köln gesetzt, halbwegs damenhaft ist sie am 21. herausgeholt und in verrutschter Aufmachung ausgerechnet hierher aufs Polizeipräsidium verbracht worden. Die Wachtmeisterin Kortenkamp presst sich mit schweißfeuchten Handflächen die Haare an die Schläfen und geht anschließend zweimal um das Subjekt herum: „Dat fass ich nicht an!“

„Los, jetzt stellen Sie sich nicht so an! Menschenskinder! Ich kann das als Mann nicht machen, wie säh ich da aus!“

„Sie mit Ihren Perversen andauernd! Da hätt ich mich gleich bei die Sitte einstellen lassen können. Dem geh ich nicht ans... Dingsda“, setzt sie Jörns Thüringisch ihren an diesem Ort leicht exotisch anmutenden ruhrpöttischen Zungenschlag entgegen, am Hals breiten sich rote Flecken aus, der Zeige- und Mittelfinger der rechten Hand fahren in die Tasche des Uniformrocks ein um darin nach etwas zu rühren.

Das Subjekt zieht den Mantel wieder übers Kleid an und verfolgt den Schlagabtausch wie ein Pingpong- oder zumindest ein Tennismatch. Jörn nimmt die Uniformmütze ab, kratzt sich am Scheitel. „Gut, von mir aus – Fräulein Kortenkamp, kommen Sie kurz mal mit? Jetzt gleich... das heißt sofort!“ An der Wand hinter dem Tisch schaut das Schwarzweißporträt des Führers gewissermaßen väterlich in den Raum, an der Seite rechts laden zwei aufgelassene Rollschränke voller aktenkundlicher Vorgänge den unfreiwilligen Eindringling zur Erkundung ein. Auf der Tischplatte liegen die Zeitungen der vergangenen drei Tage mit durchwegs gleichlautenden Schlagzeilen, daneben steht das Familienphoto, das einen Sonntagsausflug in den Zoo vorstellen soll, mit der kleineren blondzöpfigen Tochter auf den Schultern des uniformierten Hauptsturmführers. Gleichmäßig knarrend geht die Tür zum Flur auf. Auf der anderen Seite, durch die Milchglasscheibe abgedämpft, klingt vom Nebenraum das Gespräch Jörns mit der Kortenkamp durch. Die kleine Tochter hält sich auf dem Bild an Papas Ohren fest, die größere zwinkert dem Betrachter vom Ponyrücken zu, die Mutter ist unsichtbar, hinter dem Auslöser des Photoapparats versteckt. Auch die Damentasche, die sie neben dem Schreibtisch auf dem Koffer ausbalanciert haben, lächelt einen einladend an, zwei Schritte hin, den Dorn aus dem Gurtloch gefädelt, die Schnalle behutsam geöffnet, nur um blindlings nachzutasten ob das vermaledeite Rasierzeug noch irgendwo unter Portemonnaie und den Taschentüchern darin liegt – und schon ist darüber die einmalige Gelegenheit zum Verlassen des Raums verstrichen, schon kommt die Wächterin trotzig zurückgeschlurft, verschließt die Tür zum Flur, lässt sich auf den Trude zugedachten Holzstuhl nieder und beginnt vor und zurück zu kippeln. Gemeinsam lauschen sie Jörns tönender Telephonierstimme aus dem Nebenraum: „Macht Visite in der Krankenabteilung? Das passt ja! Richten Sie ihm bitte aus, dass er so bald wie möglich herkommen soll! Das heißt – sofort! Tun Sie´s ihm gleich sagen? Sehr gut, das ist ja bestens." Fräulein Kortenkamp lächelt Trude zu, macht einen Wink mit dem Kopf in Richtung des Telephongesprächs, beherrscht sich, bedeutet Trude, sie solle bittesehr drei Schritt von ihrem Gepäck wegtreten, greift mit zu einem Löffel geformten Zeige- und Mittelfinger in die Jackentasche, wickelt ein Fruchtbonbon aus dem Papier und lutscht daran mit vorgestülpten Lippen.

***

Schmächtiger und einen halben Kopf kleiner, stand ich in ähnlicher Weise schon mal einer Person gegenüber... das wird im Vereinshaus des Komet Bremen gewesen sein? Stand seit geraumer Weile vor einer sommersprossigen Frau mit rotblondem Haar das sich aus einer Bubikopffrisur etwas ungeordnet in die Länge auswuchs, wie zum Ausgleich für die farblos lackierten Fingernägel an den sorgfältig manikürierten Händen. Durchs Fenster erhaschte ich ab und an einen Blick auf die trainierenden Kameradinnen, denen der alte Arbeitersportler Reinke Ermunterungen hinterher rief, die sich nach halben Beschimpfungen anhörten. Darunter legte sich der beherrschte Flüsterton der Besucherin: „Es ist natürlich nicht so, dass der Führer um den Körper der deutschen Frau und seine Ertüchtigung nicht wüsste. Leider Gottes, äh-hhm... wollte sagen... ist er umgeben von einigen... naja, von Ratgeberinnen aus der NS-Frauenschaft, die uns nur als Gebärerin am häuslichen Herd sehen wollen, nach dem Motto eben: »jedes Jungmädel ist schon ein kleines Mütterle«. Komm her, kannst du etwas für dich behalten?"

Ich nickte hilflos.

„Ich möchte hier nicht Dinge breittreten, die du in deinem Alter nicht übersehen kannst..." Sie lüpfte sich an, zog den Stuhl heran und schlug die stämmigen Beine übereinander: „Wir sind im eigentlichen Sinne Vestalinnen, das heißt, in der völkischen Bedeutung des Wortes. Weißt du, was das bedeutet, Vestalin?"

Reinke steckte den Kopf zur Tür herein, die Zigarette hinter der Zarge haltend, der Rauch wehte ihm den Unterarm herauf. „Trude, antworte auch richtig, wenn Fräulein Untergauleiter dich was fragt!"

Die Untergauleiterin schüttelte unmerklich den Kopf, und in mir stieg der Gedanke auf, sie übe das alles noch, so wie unsereins von links oder rechts zum dritten Mal den Anlauf zum Absprung nimmt. „Trude Mohr hat neuerdings geäußert, eine an Geist und Körper gesunde Mädelgeneration tue not, die dem Mann ein zuverlässiger Kamerad sein will. Du kennst sie doch, die Reichsleiterin des BDM?"

„Die Reichsleiterin?", fragte ich zurück einfach nur um Zeit zu gewinnen und versuchte mich an einer Art Knicks, dadurch die durchgestreckten Knie und auch das Hohlkreuz entspannend, zu dem ich durch das Stehen in unmittelbarer Nähe der Frau gezwungen war.

„Ach du heilige Simplicitas!" Die Funktionärin errötete, führte eben mal die Hand mit dem breiten Handgelenk zum Mund, um nebenher am Mittelfingernagel ein Stückchen unverhofft abgelösten Farbloslacks abzukauen, fing meinen Blick auf und zog sie wieder weg. „Ach Gottchen... ich meine, du meine Güte. Meine Güte natürlich, so. Ich bin nämlich selber Leichtathletin... komme nur in letzter Zeit selten dazu. Sehr selten. Kugelstoßen – hier, meine Unterarme, da merkt man das schon noch... nicht wahr? Was stehst du da wie das leibhaftige schlechte Gewissen?" Vier manikürierte Finger und einer mit abblätterndem Lack umfassten prüfend mein zerkratztes Knie, wanderten unbestimmt von der Kniescheibe zum Quadricepsmuskel hinauf. „Der Körper der deutschen Frau... Erst einmal trittst du bei den Bremer Schulwettkämpfen an, dann sehen wir weiter von wegen Gaumeisterschaften und so. Das ist eine Schan-se! Deine nämlich! Du willst doch nicht wie deine Schwestern im Ausschank deines Vaters enden?"

„Enden? Wieso denn enden?"

„Der Körper der deutschen Frau, das ist auch deine Schan-se", ließ die Untergauleiterin sich das Wort lauter auf der Zunge zergehen, und trotz der dunklen Stimme klang die »Schan-se« der »Heiligen Simplicitas« und dem »Achgottchen« so gar nicht unverwandt. „Schanse in Bezug auf die arteigenen Berufe der Krankenschwester Kindergärtnerin Lehrerin Verkäuferin Köchin Schneiderin…"

„Ich möchte mich gerne einsetzen, auf jeden Fall", riss ich mich los und versuchte erneut aus sicherer Entfernung einen Knicks.

„Hm, du tust dein Bestes." Draußen hechelten ausgelassen Mädels im 80-Meter-Sprint vorbei. Die Untergauleiterin nahm das übergeschlagene rechte Bein vom linken und strich sich den Rock über den Knien glatt.

5

Der Polizeiarzt

In der zu einem Photoraum umfunktionierten Gerätekammer steckt die Wächterin Trudes Haar mit Hilfe von Spangen über den Ohren zusammen, wodurch der Flaum an der Oberlippe umso deutlicher zur Geltung kommt. Sie justiert die Delinquentin mit spitzen Fingern en face, im Halbprofil und Profil, wartet jeweils zu bis Jörn endlich ausgelöst hat, anschließend nimmt sie ihr den Mantel ab und wiederholt die Prozedur von vorne.

„Ich bin Europameisterin! Rufen Sie bei… bei dem BDM Nordsee an, bei der Gauleiterin!"

„Ach Mädel! Was hat der BDM mit dir als Mann zu schaffen?", winkt der vollauf mit der Bedienung des Apparats beschäftigte Jörn ab. Da gibt es keine Zeit für Spitzfindigkeiten.

Die Kortenkamp lässt den Mantel auf den Boden fallen. „Wollen wir nicht lieber den Photographen aus der Untersuchungszelle holen? Für poplige fünf Minuten… würde das ganze Getue hier erheblich vereinfachen." „Sind Sie verrückt geworden, Frau... Frau? Den eingesperrten Kommunisten? Wenn der das hier miterleben und irgendwo erzählen täte... kommen wir in Teufels Küche! Ziehen Sie mich da nicht auch noch rein!"

„Ich dachte ja nur. Bevor Sie das mit den Aufnahmen überhaupt nicht hinkriegen. Pardon, ich will ja nix sagen, aber...", wirft die Kortenkamp gleichmütig ein und ordnet Steckels Armbanduhr Taschentuch Schweizermesser perforierte Handschuhe säuberlich nebeneinander auf dem Tisch.

Die Klinke wird mit einem Schlag heruntergedrückt, herein stürmt ohne Anklopfen ein kleingewachsener Weißkittel, um den Hals baumelt ein Stethoskop, darüber im Gesicht einen graumelierten Schnauzer und eine Hornbrille. Für den Kinogänger der Zeit könnte er ohne weiteres als ein Judencharakter aus einem Ufa-Film durchgehen. „Na Herr Jörn, was haben wir da schon wieder auf Lager?"

„Lassen Sie sich doch mit dem Reichssportführer von Tschammer und Osten verbinden, der wird Ihnen Bescheid sagen, dann brauchen Sie gar nicht weiter photographieren, und auch sonst gar nichts!", meldet sich die durch die Ankunft des Arztes belebte Trude zu Wort. „Und wenn der von Tschammer und Osten nicht im Büro sein sollte, dann rufen Sie bei Karl Ritter von Halt an! Dem Führer des Fachamtes Leichtathletik." Sie wissen schon, das sind tatsächliche Namen von tatsächlichen Personen, die lassen sich nicht einfach wegdiskutieren.

Der leitende Polizeiarzt stemmt die Hände in die Flanken und umfasst nebenher mit der Rechten den Kopf seines neurologischen Hammers in der Kitteltasche. Das rechte Auge hinter dem Brillenglas ziert ein blaugelbes Veilchen. „Ach so, Ritter Karl von Halt, wie? Sicher. Der von Tschammer – oder so ähnlich – wie? Interessant. Interessant. Der von Tschammer, und Osten auch noch, das ist gut, sehr gut. Haben wir hier einen ausgewachsenen Casus von paranoischem Wahn mit megalomaner Ausgestaltung? Unser lieber Herr Jörn hier hat spätestens Mitte der Woche immer etwas Besonderes zu bieten..."

„Nönö, das wird was Politisches sein", wehrt Jörn ab. „Für die Sitte aber vermutlich auch. Meint jedenfalls die Frau Wachtmeisterin Kortenkamp hier."

Trude löst die beiden oberen Knöpfe ihrer Kostümjacke und fummelt die Medaille hervor. „Ich bin Europameisterin im Hochsprung! In Wien, jetzt am vergangenen Wochenende... 170 Zentimeter! Hochsprung, Sie wissen doch? Steht in Ihrer Zeitung hier..."

„In Wien? Jetzt sind Sie in Magdeburg, das wissen Sie doch schon? Mach-de-burch." Auf einen diskreten Wink des Doktors hin reißt Fräulein Kortenkamp der Trude das Band einschließlich Medaille vom Hals. „Das ist ja bemerkenswert... be-mer-kens-wert", betrachtet der Mediziner sich wie ein Münzsammler oder Juwelier das Metall. „Tja – welchen Tag haben wir denn heute?"

„Mittwoch. Na und? Wieso fragen Sie mich?"

„Keine Sorge, Sie sind hier in guten Händen. Mittwoch – da haben wir´s! Eigentlich hab ich Mittwochnachmittag gar keinen Dienst, nicht! Und wie spät haben wir´s in etwa, am Tag? So ungefähr, kommt nicht auf die Sekunde an. Ist es eher grad Vormittag oder Nachmittag?"

„Die haben mir die Uhr abgenommen!"

„Abgenommen. Ausgezeichnet. Das ist wirklich gelungen! Dann nehmen wir den Rest auch noch ab. Zieh er die Jacke aus, junger Mann, ziere er sich nicht, ich habe die Station voller Simulanten und Deliranten und Selbstverstümmeler... Von wegen Erregung öffentlichen Ärgernisses, das werden wir sehen! Gleich haben wir´s ja, Fräulein, reine Routineangelegenheit, ist nicht persönlich gemeint!" Wachtmeisterin Kortenkamp und Hauptsturmführer Jörn drehen Trude hin und her, der Arzt hängt die Medaille ans Objektiv des Photoapparats und fasst die nackten Tatsachen zwischen Daumen und Zeigefinger, stockt angesichts eines derben Gewebestrangs, ohne übertriebenen Widerwillen an den Tag zu legen. „Jetzt halten Sie man das Individuum richtig feste, ich lass mich hier nicht wieder treten und schlagen, gerade vorgestern hat mir so ein Simulant direkt einen Schlag ins Gesicht verpasst. Kann mir eine schönere Beschäftigung am Mittwoch Nachmittag vorstellen als das da!“ Endlich ist Steckel nackt bis auf die Strümpfe – und anatomisch betrachtet mehr oder weniger ein Mann, mit Schweiß an den Schläfen und Dreitagebart im schmerzverzerrten Gesicht. Die Kortenkamp umklammert ohne übertriebene Begeisterung den mittlerweile Angeklagten, Jörn weicht im Rückwärtsgang hinter die Kamera und photographiert, selber auf den Bildern unsichtbar, es klackt einmal zweimal dreimal, selbst der Auslöser spielt auf einmal mit. Die Mauern haben Fäuste gekriegt. Die Medaille fällt vom Photoapparat herab und klimpert auf dem Steinfußboden.

***

Abb. 648a bis d
Weiblicher Transvestit; in Männerkleidung als Postgehilfe tätig

Bei der Betreffenden (35 Jahre alt) handelte es sich zweifellos um eine Frau... Ihr Geschlechtstrieb war homosexuell und transvestitisch ausgerichtet, im allgemeinen verhältnismäßig gering ausgeprägt, und es war anzunehmen, dass er sich bei zunehmendem Alter weiter vermindern würde. Sie war in Männer- wie auch in Berufskleidung als Postangestellter unauffällig... Es war nicht von der Hand zu weisen, dass sie sich in ihrer Rolle als Mann eine Existenz aufgebaut hatte und diese verlieren würde, wenn man sie gezwungen hätte, Frauenkleider zu tragen. Da sie bislang mit dem Gesetz nicht in Konflikt gekommen war und auch kein öffentliches Ärgernis erregt hatte, bestanden ärztlicherseits keine Bedenken, ihr das Tragen von Männerkleidung zu gestatten. Ihrem Wunsch auf eine Heirat mit einer Frau konnte dagegen nicht zugestimmt werden, wie auch ihre Behauptung zurückgewiesen werden musste, dass sie männliche Samenflüssigkeit absondere, im Gegenteil, sie hatte in monatlichen bis mehrmonatlichen Abständen Menstruation, wenn auch sehr schwach ausgeprägt...

Aus Weimann, Waldemar/ Prokop, Otto: Atlas der gerichtlichen Medizin, VEB Verlag Volk und Gesundheit, Berlin 1963

6

Sömmering

Kriminalsekretär Sömmering. Verharrt mit undurchdringlicher Miene vor einem Gaststättenschild in der Bremer Neustadt, Buntentorsteinweg, wie das bunte Tor vor dem Steinweg zu buchstabieren. Hinter der Häuserreihe liegt der ehemalige Hafen für Flöße an der Kleinen Weser. In seinen Jugendjahren ein emsiger Leser von Sherlock-Holmes- und Hercule-Poirot-Romanen, hat er, mittlerweile siebendundreißig geworden, nebst der Lektüre des Völkischen Beobachters vor einigen Monaten Hanns Grimms Volk ohne Raum für sich entdeckt. Hinter ihm verlangsamt mit einem Klingeln die Straßenbahn Nummer 4, Fahrscheine à 10 Pfennig, bevor sie in die Haltestelle einfährt. Nach dem nächsten Weltkrieg wird er in Kiel zum Kriminalhauptkommissar aufgerückt sein, agiles CDU-Mitglied werden und an seinen dienstfreien Sonntagen in der Begleitung von Frau und Kind keinen evangelischen Gottesdienst auslassen.

In die Gaststätte hineingeschaut. Der Widerglanz des Tageslichts spielt auf den ausgestellten Pokalen und Siegerinnenstatuetten, darüber wacht eingerahmt die Schwarzweißphotographie des Führers. Vater Steckel, selber Schnurrbartträger, wenn auch nicht vom Zweifingerbart, wischt die überstehende Schaumkrone von seinem Beck´s in die Spüle, trocknet sich die Hand an der Schürze ab und lässt sich wenige Schritte weiter am Fenstertisch neben seine Bremer Nachrichten nieder. »Trude Steckel siegt überragend«, meldet die Schlagzeile erneut auf der letzten Seite, er hat den Artikel mitsamt Kommata und Punkten zum fünften Mal durch. Die ältere Tochter Elisabeth setzt ihm Kasseler mit Sauerkraut und Kartoffelpüree vor. Ohne die Lektüre zu unterbrechen, macht er sich über das Gericht her. Beim Eintreten stößt Sömmering beinah einen auf dem Stuhl kippelnden Kartenspieler um, findet dann am Ecktisch unweit der Toilette Platz gegenüber einem grinsenden Alten, bei genauerem Hinsehen weniger alt als zahnlos, sozusagen. Elisabeth erscheint mit einem Kranz von Halblitern in jeder Hand für die nächste Bierrunde, legt einen kurzen Halt bei ihm ein, den Kopf zur linken Schulter geneigt: „Möchtest was essen? Wir haben Labskaus oder Kasseler mit Püree oder… oder Labskaus."

„Ich entscheide mich noch. Darf man die Sportpokale anfassen? Ich meine die in der Vitrine…" Sömmering ergreift das servierte Pils, geht an Vater Steckels Tisch und setzt es auf den Rand von dessen Zeitung ab: „Entschuldigen Sie…"

„Is was Falsches an dem Bier? Schmeckt´s ihm nicht oder wie?"

„Ich hätte nur mal ne Frage – ob man die Pokale anfassen darf. Schon ne ziemliche Menge was da rumsteht, nicht?"

Vater Steckel pult sich mit dem Fingernagel eine Fleischfaser aus dem Backenzahn. „Die stehen gut da, oder? Die hat schon ´ne Menge Leute in denen ihren fettigen Pfoten gehalten in der heutigen Zeit, nichts für ungut. Er ist sicher auch von der Zeitung, oder? Hier – hier steht´s ja Schwarz auf Weiß, über Trude, alles, wenn er was wissen will! Das Schwarze sind die Buchstaben!", patscht Steckel auf das Blatt. Sömmering greift sich seinen Halbliter wieder und steuert auf die Pokale zu, Heinrich Steckel stemmt sich hoch und eilt ihm hinterher, öffnet die Vitrine und holt ein schlicht vernickeltes Exemplar hervor: „Das ist von der Bremer Schülerinnenmeisterschaft neunzehnhundertdreiunddreißig. Dreiunddreißig, das war ohnehin das Jahr, und damit hat der ganze Trubel so ziemlich angefangen. Weil sie nämlich bei den Wettbewerben den andern dauernd weg- und davonlief. Unser Trude war immer mehr für sich, hat auch nicht großartig gespielt mit den anderen Mädels. Weil nämlich, die Tanzstunden hat sie schlicht und ergreifend ausgelassen, nur als Beispiel. Na gut – und hier die Deutsche Meisterschaft Juli neunzehnhundertsechsundreißig in Berlin… hundertachtundfünfzig cm. Und hier Hundert-Meter-Lauf in zwölfkommavier Sekunden... immerhin."

„Darf ich mal halten? Ich bin selber Sportler sozusagen." Von aufrichtiger Begeisterung ergriffen dreht Sömmering den Pokal der Schülermeisterschaft um die Achse, als wäre es eine original Siegestrophäe von Leni Riefenstahls Olympia 1936. „Im Kugelstoßen war ich auch gar nicht übel. Fünfzehn Meter einunddreißig. Also beinahe fünfzehn, Kreismeisterschaften, bei dem Versuch hab ich leider die Markierung übergetreten, sozusagen... Jetzt ist mehr so das Schießen mein Ding. Handfeuerwaffen. Wenn Sie wissen was ich meine."

„Geben Sie das Ding her, wird nur schmutzig von den vielen Händen die es immerzu anfassen wollen..." Vater Steckel putzt den Pokal mit der Schürze ab und schiebt ihn liebevoll an seinen Platz. „Sie sind also nicht von der Weser-Zeitung oder so?"

„Polizeidirektion Magdeburg. Kriminalsekretär Sömmering", legitimiert der Besucher sich beiläufig und läuft rot um die Haarwurzeln an, dabei hat er nicht einmal ein Drittel von seinem Glas getrunken, kein Vergleich mit den Stammgästen ringsum. „Ist Ihnen bei Trude gar nichts aufgefallen? In körperlicher Hinsicht?"

„Wie aufgefallen? Hier, der ist von der deutschen Meisterschaft siebenunddreißig, hundertdreiundsechzig cm, Weltrekord Göttingen achtunddreißig, hundertsechsundsechzig cm... Gesine, ist dir bei der Trude was aufgefallen? Der Herr hier kommt von Magdeburg... hat den ganzen langen Weg wegen uns... wieso kommen Sie eigentlich aus Magdeburg, was haben wir mit Magdeburg zu schaffen?"

„Aus Magdeburg eben. Und wo ist Ihre Trude jetzt? Wenn ich fragen darf?"

„Ich meine, mit Sicherheit unterwegs aus Österreich von der Europameisterschaft, wo soll sie sonst sein? Hier steht´s, in der Zeitung von heute, nicht?"

Aus der Küche schlurft Mutter Gesine Steckel mit einem der beiden Tagesgerichte herbei. Nach oben hin verbreitert sie sich wie eine Standvase, darüber strahlt das erhitzte Gesicht. „Aus Magdeburg, den ganzen Weg? Sie essen aber trotzdem unser Labskaus, nicht?" Stellt den Teller vor Sömmering auf den Tresen und dreht ihn flink mit dem Spiegelei von sich weg. Die Gäste brechen ihre Unterhaltungen ab. „Was soll mit Trude sein, ist doch alles in Ordnung, oder? Also unser Trude war anfangs ganz ein zartes Kind, wie sie diese Rippenfellentzündung kriegte, und wie der Doktor damals mit so einer Miene kam und nur so unter uns sagte... Und jetzt... Ich meine – was ist nu los mit ihr? Sie war... schon immer was Besonderes!"

„Nix ist los mit ihr, Frau Steckel, ganz und gar nix, machen Sie sich man keine Gedanken!"

„Das will ich wohl meinen, dass sie schon immer ein besonderes Kind gewesen ist, immerzu gepäppelt, immerzu was Besonderes", brummelt die Elisabeth im Vorbeilaufen, zwei leergegessene Suppenteller in der Ellenbeuge geklemmt, in der andern Hand ein leeres Bierglas mit einem Strauß Alpakalöffel drin.

***

Die Blechlampe beleuchtet die köchelnde Lake, an deren Oberfläche sich wie der Rücken eines Karpfens hie und da eine Kuttel rührt. Die zweitälteste Tochter Adele hält sich mit den Händen hinterm Rücken am Handlauf des gusseisernen Herdes fest, die Wärme steigt ihr das Kreuz hinauf. Der Mann, annähernd so groß wie sie, wenn man ihren Haarschopf jedenfalls dazurechnet, drückt das beschlagene Fenster zum Hinterhof zu, fährt mit der flachen Hand über die Arbeitsplatte – und pickt einen der verstreuten Tortenkrümel auf. Die Torte oder vielmehr der Käsekuchen wird beim Konditor um die Ecke geholt, nicht ganz frisch aber dafür günstiger abgegeben. Und gleich ist ihm der Krümel in die falsche Kehle geraten, Tränen schießen in die Augen, das Gesicht läuft noch röter an, keuchend holt er ein Taschentuch hervor, schneuzt sich und betrachtet flüchtig den benutzten Stoff. Elisabeth-Lisa kommt hereingeschlichen, setzt ein leeres Glas, das genausogut draußen in der Gaststube auf den Tresen neben der Spüle gepasst hätte, auf der Arbeitsplatte zwischen den verbleibenden Krümeln ab und wartet ab, bis es zu wackeln aufhört. Statt Pokalen glänzen hier hinten schwarze, braune und rote Töpfe, Trophäen in Rekordzeit abgefüllter Mägen. „Wie ist es nun?", hebt Sömmering mit angeknackster Stimme an, nachdem die Schwester wieder abgezogen ist.

„Wie ist was?" Adele greift einen Topf aus der Spüle und macht sich ans Scheuern. „Ich hab nicht soviel Zeit..."

Sömmering stopft das sorgfältig gefaltete Taschentuch in die Jackentasche, schnappt ihr den Topf aus der Hand und schaut sich eine angebrannte Stelle am Bodenrand an, als wollte er im nächsten Moment die Zukunft daraus lesen. Das Wichtigste in der Ermittlungsarbeit ist, in der gegebenen Situation nichts zu überstürzen. Jede noch so unbedeutende Nebensächlichkeit kann letzten Endes zielführend und von Belang sein, sozusagen. „Du hast... auch nix gemerkt?"

„Ich hab nicht soviel Zeit, gar nicht." Sie greift sich den Topf wieder und fuhrwerkt mit dem Kratzer ziellos darin herum, schaut aus dem Augenwinkel zu, wie er die Kelle vom Haken nimmt und einen Kuttelnrücken herausfischt. Vielleicht gefällt ihr die ganze Anordnung auch. „Nein, wieso? Was soll ich gemerkt haben?"

Ganz schön widerspenstig, die Kleine. Bei diesem Bauern- und Häuslervolk aus der Moordeichlandschaft weiß man nie genau, ob sie so sind oder sich besonders geschickt so stellen. Er lässt die Kelle in den Topf gleiten – die verbliebenen Kutteln rühren sich, alles kommt ans Tageslicht – und packt die den blitzblanken Topf Scheuernde mit feuchten Fingern unterm Kinn: „Hübsches Gesicht. Du sollst mir aber nicht lügen, so ein Mädchen wie du... Ja? Was denn, was ist denn nu los?"

„Die Kutteln schme... schmecken gut, oder?", stottert sie im Rhythmus seiner zitternden Finger.

„Natürlich schmecken sie gut, ausgezeichnet sogar! Jetzt stell dich nicht blöder als du bist! Niemand im Haus soll irgendwas von Trudes

Eigenheiten bemerkt haben! Geschlagene achtzehn Jahre lang! Was es mit ihr... mit ihm sozusagen auf sich hat! Wo du sonst ziemlich empfindlich bist, oder?... nichts gesehen, nichts gehört..."

„Ich weiß von nix, weiß von nix..."

„...nichts gesehen, nichts gehört, kein Schwein in eurer gesamten verqueren Mischpoke hat hier was gehört oder gerochen!"

„...weiß von nix weiß von nix weiß von nix. Fragen Sie doch den Vater oder – fragen Sie die Mutter!"

***

Adele. Die Schwester. Wie war das, was war da nochmal an jenem Sommersonntag, vier Jahre zuvor in der Wohnung oberhalb der Gaststätte? Auf dem Flur huschte immerfort die Elisabeth vorbei, die am Montag in Hannover eine zwischen den beiden Eltern umstrittene Lehre als Modistin antreten wollte. Ich, also ich Adele im Nachthemd und Trude im Pyjama saßen in unserem Zimmer auf dem Bett; hätten seit einer Weile unten in der Küche zur Hand gehen müssen, wo Mama mit den Überresten vom Vorabend hantierte. „Lisbeth? Liss, hör mal", rief ich in Richtung der angelehnten Zimmertür, „bist du sicher, dass du meinen roten Koffer brauchst? Darfst ihn ruhig mitnehmen, von mir aus." Und da Trude mich fragend von der Seite ansah: „Ihr geht ja alle weg, nur ich bleib zu Hause hocken."

„Und wie ist´s mit deinem Günther? Will er dich nicht..."

„Der macht seine Gesellenprüfung und verschwindet für drei Jahre auf die Walz, und wo er dann abbleibt... Und bei dir geht´s demnächst mit dem Reisen zu den Wettbewerben los..." Trude schmiegte sich an mich und legte den Arm um meine Schulter. Schwesterliche Tuchfühlung, eine Schwüle die sie sich zwischen zwei Lebewesen ausbreitet.

Elisabeth steckte die Nase herein: „Wisst ihr, wo meine grüne Bluse abgeblieben ist? Trude, nicht dass wieder du sie angezogen hast!"

„Sicher, ausgerechnet ich und deine Bluse! Was hast du überhaupt in Hannover damit vor?“

„Nichts für vorwitzige schmächtige Hüpfmädchen. Sitzt ihr vielleicht darauf? Los, zeig mal, kurz den Hintern anheben!“

„Sehr witzig!“

„Ich mache keine Witze, ich brauch sie dringend! Wird außerdem Zeit, dass ihr in die Puschen kommt, Mama wartet unten.“ Durch die offene Treppentür stiegen die streitenden Stimmen der Eltern herauf. Lisbeth ist neunzehnhundertzehn, also ein Jahr vor mir Adele geboren. Papa wollte nicht, dass sie nach Hannover wegzieht. Zwar gab es dort eine entfernte Tante, aber die könnte sich auch nicht durchgehend kümmern, falls so ein junges Mädchen unter die Räder geriete. Gut, also erstmal für zwei Jahre, dann würde man weitersehen. Seit er mit der Bahnhofsgaststätte in Seckenhausen pleite gegangen, und auch die Kneipe am Buntensteintor ein paar Monate nach der Eröffnung auf Muttern überschrieben war, hatte er keinen guten Stand gegen uns fünf Weiber. Immerzu die Gerüche aus der Küche, und die Erinnerung, wie damals in Seckenhausen die Züge vorbeikamen, die in die Kreisstadt fuhren, das reichte mir schon völlig, von daher ich bin wohl eher Stubenhockerin geworden. Die Dicke. Trude dagegen, dauernd unterwegs, immer hinaus... rennst uns allen weg und mich lässt du in der Wirtschaft. Ich schob Trudes Arm weg und spreizte die Zehen auseinander wie die Finger einer Hand, meine Lieblings-Zirkusnummer, womit ich von klein auf einen Schimpansen imitierte. Rückte an den Matratzenrand, machte einen Buckel und rieb ein Schmutzröllchen zwischen den Zehen heraus.

„Ich meinte was anderes, von wegen was Günther angeht“, flüsterte Trude, da Elisabeth gerade aus dem Raum verschwunden war, „wie ist das sonst mit Günther?“ Die kleine Schwester Trude schafft es, unsereins jedes Mal in Verlegenheit zu bringen. Ich erhob mich und zog die beiden Kissen ab, sie aber fläzte sich mit einem eigentümlichen Kichern lang und breit hin: „Meinst du, dass du irgendwann heiratest?“

„Irgendwann schon. Aber heute Morgen auf keinen Fall!“ Die Züge, und das Zusammenhocken, aneinandergelehnt, so könnte ich´s mir für

immer vorstellen... Nein, an Trude kam man nicht heran; damals schon unzufrieden mit sich selbst, voller ruheloser Anspannung, mit dieser absinkenden Altstimme, trotz ihrer unwahrscheinlichen sportlichen Erfolge nie wirklich in ihrem Körper sozusagen... weiß auch nicht.

„Wenn ich es bloß wüsste, wenn ich es bloß wüsste", wiederholte Trude vor sich hin. „Tschuldigung, ich meinte nur: weiß sowieso nicht, was mit mir los ist."

Adele zog das Bettlaken mit einem kräftigen Ruck unter ihrer Schwester hervor und knüllte es zusammen, nur der linke Daumen war prüfend auf einem steifen weißgelben Fleck haften geblieben.

7

Abb. 659 a bis e

Transvestitismus (Fall Trude S., später Wechsel zu „Herrmann"). Errang zur Olympiade 1936 keine Goldmedaille (vierter Platz) und stellte im Jahre 1938 mehrere neue Weltrekorde im Hochsprung auf. Nach ihrem letzten Sieg und Weltrekord im Hochsprung fiel sie durch ihre Kleidung und ihr Benehmen in einem D-Zugabteil auf. Der Betroffene war Sohn eines Gastwirts. Sein Geschlecht war offenbar bei der Geburt verkannt worden, und er wurde als Mädchen erzogen. Der Vater unterließ aus Geschäftsvorteilen die Umschreibung des Geschlechts. Der Betroffene soll kein Zwitter sein, lediglich soll eine gewisse Spaltung des Hodensacks und eine Verwachsung des Glieds mit der Hodensackhaut vorliegen. Er soll Samenergüsse gehabt haben.

... Es ist anzunehmen, dass sich unter den Frauenrekordlerinnen noch mehr derartige Zwittertypen und Transvestiten befanden. Bezeichnend ist, dass im Jahre 1935 in London bei einem Sportfest drei Wettbewerberinnen die gynäkologische Untersuchung verweigerten.

Atlas der gerichtlichen Medizin, Berlin 1963, von Waldemar Weimann, Dr. med., Medizinaldirektor i.R. und Prof. Dr.med. Otto Prokop, Lehrstuhl für gerichtliche Medizin an der Charité. In die Sammlung gingen Fallbeispiele bereits aus Dr. Weimanns Zeit als Direktor des Landesinstituts für gerichtliche und soziale Medizin Berlin ab 1937 ein.

***

Untersuchungsgefängnis Magdeburg im westlichen Seitentrakt des Polizeipräsidiums, Halberstädter Straße 2, Zwischengeschoss, Zelle Nr. 10.

Der Raum in den du geraten bist hat die Größe des elterlichen Schlafzimmers, nur ohne die beiden Kleiderschränke, stattdessen zwei Doppelstockpritschen entlang der Wand und der obligate Kübel neben der Tür. Durch das Fenstergitter kann der Insasse bei Tage zum Zeitvertreib seitlich die Mauer des Gebäudes und oben den zerschnittenen Himmel mit träge vorbeiziehenden grauen Wolken beobachten. Zunächst siehst du dich im Gegenlicht zwei hockenden Gestalten gegenüber, fasst dir unwillkürlich ins verschwitzte Gesicht, wie wenn du geschlossenen Auges vor einem Spiegel ständest, beginnst tastend zu erfassen was dir in den Stunden seit heut Mittag widerfahren ist. Der jüngere mit der kaputten Visage wartet ab bis die Zellentür abgeschlossen wird, zieht eine daumengroße Mundharmonika aus dem heruntergerollten Strumpf und bläst ein paar dünne Töne, atmet sie ein und aus, trappelt in zerkratzten Lackschühchen auf dich zu, vollführt einen Hüftschwung, hebt den freien Arm hoch und schnippt zur Ergänzung, wenn der zerschlagene Mund die beabsichtigte Lautfolge nicht auszuformen vermag: „Mädchen... Gadscho Mädchen... Oder was bist du für eine..."

Der ältere, dem die Hose ohne den Gürtel wie vom größeren Bruder geerbt an den Hüften hängt, sieht zu dir von seiner Pritsche hoch: „Sag mal, wo hat man denn dich aufgegabelt?"

Du weichst dem Zigeuner aus und ziehst die aufgeknöpfte Jacke enger um die Taille, nur um durch die Aktion vor dir und den anderen zu verdecken, wie sehr dir nach Heulen ist. Ziehst die Jacke nochmal enger und versetzt mit einem mannhaften Schniefen: „Ich bin Springerin."

Der ältere hebt die rechte Hand und markiert mit dem Daumen das Herunterdrücken eines Auslösers: „Einmal bitte lächeln. Springerin heißt das neuerdings? Wo springst du denn so hin? Und ich heiße Ernst Thälmann, sehr erfreut. Kommunist."

„Freut mich auch. Ich bin Trude Steckel."

„Schön schön", photographiert der Abgezehrte weiter. „Endlich wieder was zur Aufmunterung. Von wegen Trude wird man dir die Fresse polieren, Fräulein. Erregung öffentlichen Ärgernisses, Paragraph 183a. Nach uns Kommunisten kommen die warmen Brüder und konkret die Transvestiten dran, hast es nicht mitgekriegt? Danach die Zigeuner wie unser Kollege hier, und anschließend die Zeugen Jehovas. Und als Allerletztes aber nicht Bestes die Katholiken."

„Was heißt hier warmer Bruder!? Ich bin Hochspringerin, deutsche Frauenmeisterschaft, jetzt sagen Sie nicht, dass Sie gar nix davon gehört haben!" Thälmann?, der Name Thälmann ist dir bereits untergekommen, in welchem Zusammenhang auch immer, wie wichtig das ist, wird sich noch zeigen, erst einmal wedelst du dir mit der freien Hand den Zigeuner vom Leib: „Was gibt's da zu glotzen?"

„Und ich für meinen Teil hab heut Kaviar zum Frühstück gekriegt, vom Gefängnisdirektor persönlich serviert. Auf dem Silbertablett. Für uns von der Partei wird immer Sekt und echter Kaviar aufgetischt, nix Forellen oder Seehasen, Kaviar ausschließlich vom Stör natürlich. Außer sonntags, Genossin, sonntags musst du dir deine eigene Hostie von der Gefängnismesse mitbringen, bietet sich konkret ja an, da kann man bei Bedarf Kaviar draufstreichen. Nicht so dümmlich ins Objektiv glubschen, sondern bisschen darüber auf meine linke Schulter! Lächeln, Fräulein: Käsekuchen. Kä-se-kuchen!"

„Hast einen Stummel, Fräulein? Haste »lowe«? Auf Romani heißt: Geld?", unterbricht der Zigeuner sein Harmonikafiepen. Es ist nicht mehr zu verkennen: er macht dir Augen.

Du greifst instinktiv mit der eingeübten Bewegung unter die Kleidjacke: „Ich hab hier eine Medaille von der Europameisterschaft... wo war sie noch abgeblieben..."

Der Photograph wirft sein imaginäres Stativ mitsamt Kamera über die Schulter: „Und ich bin der Arbeiterführer Ernst Thälmann, damit du Bescheid weißt, Sekretär der Komintern, zweimaliger Kandidat für das Amt des Reichspräsidenten, Mitglied des Reichstags und alles was du willst. Unter uns kannst du auch Teddy zu mir sagen, so haben mich immer die Kollegen Hafenarbeiter bei Blohm & Voss genannt."

„Kollegen?", fragst du.

„Ja, die Hafenarbeiter. Die Genossen."

„Ei ei ei oi oi... nicht so laut, Gadscho, nicht schon wieder! Ernst Thälmann klein und dick. Hab ihn gesehen, mit eigenen Augen. Für ihn Musik gespielt einmal bei Hafenfest in Hamburg. Bringst noch Unglück über uns!"

„Du mein Lieber, du bist die längste Zeit im Unglück. Dir kann, um es konkret zu sagen, nix weiter passieren", erwidert der Abgezehrte.

„Ich normaler anständiger Dieb, alles saubere Zivilsache... Maximum bekomme auf Bewährung halbes Jahr und gut so. Nur mal zum Besuch hier wegen Verdacht auf Hehlerei oder so, nichts Wirkliches nachgewiesen. Letztes Jahr in der Tschechei auf Durchreise ein paar Uhren... Armbanduhren bisschen eingekauft, das ist schon alles!"

„Da befindest du dich auf dem Holzweg, Genosse! Du bist hier konkret nicht weil du irgendeine Uhr gestohlen hast, sondern weil du sowas von einem Zigeuner bist! Verstehst du – Zigeuner!? Ab ins Lager mit dir! Nicht wahr, Fräulein? Du – Fräulein, was meinst denn du dazu? Kä-se-ku-chen!"

Dem Zigeuner fällt die Harmonika aus dem Mund: „Wer sagt das mit Lager? Was soll das sein? Anständiger Dieb anständiger Prozess, na gut... dann zwei Jahre Gefängnis, nach einem Jahr raus. Gibt´s nicht gibt´s nicht!"

„Wart´s ab, Genosse! Als alter Kommunist weiß ich´s konkret besser!"

„Bin normal, gar nix von Genosse! Oioi!" Der Zigeuner lässt von dir ab und wirft sich mit dem schmächtigen Rumpf gegen die Metalltür: „Hier zwei Staatsverbrecher: Staatsverbrecher Kommunist und Staatsverbrecher Perverser! Hab nix zu tun damit. Wache! Wache!"

„Mädchen Mädchen... das hier müsste man aufnehmen, schade dass ich meine eigentliche Photoausrüstung oben in der Kammer stehen hab. Letzte Woche bin ich noch Photograph in dem Sauladen hier gewesen. Polizeipräsidium! Du mein Lieber brauchst dich nicht derart zu beeilen, die holen euch schon rechtzeitig, Schwule wie Zigeuner, die gleiche Mischpoche." Der Abgezehrte verschränkt die Arme auf der Brust und zwinkert mit dem Auge, das er vorhin als Photograph professionell zugekniffen hatte: „Ich bin hier wegen echter Überzeugungen, weißt du... ich bin der einzige Normale hier. Mich holen die Genossen von der Komintern raus, und dann fahr ich nach Moskau, ist eine Frage von Tagen oder allerhöchstens Wochen. Gerade jetzt wo´s in der Tschechei ums Ganze geht, kann Hitler es sich nicht zusätzlich mit der Sowjetunion verscherzen. Und die Sowjetunion ihrerseits wird nicht tatenlos zusehen, wie Hitler Deutschlands Kommunisten hinter Schloss und Riegel hält!"

„Was heißt hier dauernd schwule Schwule! Ich bin Europameisterin im Hochsprung!" Tränenden Angesichts nimmst du Anlauf und schaffst es mit ungeahnt sauberer Schersprungtechnik auf die obere Pritsche, sie verwischt dir vor den Augen, um ein Haar wärst du gegen das Seitenbrett geprallt, landest auf der linken Seite und spürst unmissverständlich ein Rucken, wie das Kleid in der Naht einreißt.

Schwule und Zigeuner, die ganze Mischpoche! Oioioi, liest dabei der Zigeuner seine Mundharmonika auf; Schlüssel rasseln im Schloss, die Tür geht auf und zwei Wächter zerren ihn mit einem „Was ist hier schon wieder los!?" heraus, Schläge und Tritte erschallen auf dem Flur, anfänglich in zweiter Stimme von tierischen Schreien begleitet, dann von einem Wimmern, werden schließlich immer dumpfer, verlangsamen, und plötzlich knarrt die Tür und er wird wieder hereingeworfen. Der Kommunist hockt sich hin und tupft ihm mit der stickigen Filzdecke das Blut von der verkrümmten Nase, von der aufgerissenen Augenbraue: „Wird schon werden. Schon gut. Gadscho. Weißt du, in Wirklichkeit heiße ich natürlich nicht Ernst Thälmann, sondern konkret: Josif Vissarionovitsch. Kannst mich gerne Väterchen Stalin nennen."

„Oioi. Oioi, oioioi", jammert der Patient im Flüsterton vor sich hin und sucht mit der heilen Hand im Hemd nach der Mundharmonika, die er vor den Wächtern gerettet hat.

8

Dem Hauptsturmführer Jörn schwante nichts Gutes betreffs des festgehaltenen Subjekts und der in dem Zusammenhang zu erwartenden Komplikationen. Der Hauptsturmführer zaust sich mit der Rechten am Scheitel: „Der Transport? Geschieht durch Kriminalsekretär Sömmering? Jawoll, Jörn hier." Es knattert in der Telefonleitung, dazwischen blendet sich auch noch Musik ein. „Hier ist das Polizeipräsidium, jawohl. Nein, nicht der Polizeipräsident, das Polizeipräsidium persönlich... Wie? Sie sind... der Reichssportführer persönlich?" Jörn nimmt die notorische Goldmedaille vom Tisch, wendet sie zwischen Daumen und Zeigefinger und fixiert das vor seinem Schreibtisch von einem Bein aufs andere federnde Subjekt mit einem längst nicht gutmütigen Blick. „Vom Ministerium? Heil Hitler! Hier Hauptsturmführer Jörn..." Fräulein Kortenkamp auf ihrem Holzstuhl rührt sich nicht, als ob weder Steckel und schon gar nicht das Ministerium sie etwas angingen, vermutlich sinniert sie über den Schokoladenkuchen, den sie auf dem Herweg in der Auslage der Konditorei erblickt hat. Zwischen dem Knistern im Hörer schnarrt eine entfernte Stimme vom anderen Ende der Leitung, wo der Reichssportführer von Tschammer und Osten im Flur seiner Berliner Wohnung am Wandtelephon steht. Die Kaffeetasse hat der Reichssportführer auf die Kommode abgestellt, die umgeworfene Jacke droht ihm von der linken Schulter zu rutschen, die rechte Hand hängt schlaff, eine adelnde Erinnerung an einen Unterarmdurchschuss im Ersten Weltkrieg. Er dreht sich von der halboffenen Wohnzimmertür weg, aus der eine Klavieretüde Carl Czernys herüberklingt: „Von Tschammer und Osten hier. Der Polizeipräsident ist nicht im Dienst? Sagen Sie mal – wann ist er denn im Dienst? Sagen Sie mal, was stellen

Sie da an, bei Ihnen da in Magdeburg? Wegen Trude Steckel, ja das stimmt doch nicht was Sie da daherreden, oder!?"

„Von wegen Steckel? Trude Steckel?" Der Hauptsturmführer schlägt die Hacken zusammen. „Jawoll, Herr Reichssportführer, ist bei uns, steht direkt keinen Meter vor mir entfernt, das Individuum. Das Subjekt ja doch, versteht sich! Was er hier macht? Er? Natürlich er... Sie meinen – sie? Ja, eine Sie meinetwegen... sicher. Sie ist am Bahnhof festgehalten worden, es gab Ärger im Zugabteil mit den Mitreisenden, eine völkisch gesinnte Familie, kamen wegen sozusagen angeschlagener Fruchtbarkeit aus einer Frauenarztpraxis in Leipzig, da halfen alle Anstrengungen im Hinblick auf angestrebte Schwangerschaft nix. Sicher, darum geht es hier jetzt überhaupt nicht, oder was meinen Sie, warum ich es da hineinmenge? Jawohl, s´handelt sich im vorliegenden Fall definitiv um einen Mann, kam uns laut einhelliger Untersuchung jedenfalls so vor." Während des Telephonierens wedelt Jörn mit der freien Hand, Fräulein Kortenkamp möge die unglückselige Delinquentin abführen. Die Kortenkamp macht ihr versetzt zugeknöpftes Hemd Stück für Stück auf und steckt den jeweils befreiten Knopf in sein richtiges Loch.

Reichssportführer von Tschammer und Osten, im Alter von einundfünfzig Jahren ein gutaussehender Mann mit markanten Gesichtszügen, dichten Augenbrauen, Mittelscheitel in den glatt gekämmten Haaren. Haut mit dem verkrüppelten Arm gegen den Garderobenschrank: „Was sagen Sie da!? Wie war nochmal Ihr Name? So, Jörn, gut! Und weiter? Weiter? Ach ja, das ist Ihr Nachname?, das fehlte noch! Es kam Ihnen so vor, dass es sich um einen Mann handelt!? Wem kam es sonst noch so vor wie Ihnen? Dem Kriminalsekretär Sömmering? Ja, dann muss es wohl stimmen, wenn das der Herr Kriminalsekretär Sömmering höchstpersönlich behauptet!" Die Jacke rutscht auf den bordeauxroten Läufer, von Tschammer unterbricht das Schlagen und ruft nach dem Wohnzimmer hin: „Kannst du bitte mal für einen kurzen Augenblick aufhören!?" Dass er mit dem rechten Arm nie selber hätte Klavier spielen können, wiegt weniger schwer als dass ihn die Verletzung vom aktiven Sport ausgeschlossen hat. „Gut, geben Sie ihn mir doch ans Telephon, Ihren Kommissar Sömmering, Sömmering ist in seinem Fall doch nicht der Vorname?, hoff ich doch sehr! Wird nicht gehen? Ist zwecks weiterer Ermittlungen nach Bremen gefahren? Mit dem Zug, ja, sicher, versteht sich, irgendwie muss er hinkommen, er wird ja nicht hinlaufen! Glückwunsch, Sie sind verdammt schön eigenständig... bei Euch in Magdeburg." Der Reichssportführer hakt den rechten Arm mit dem linken unter und bewegt ihn durch. Zart getupft schmuggeln sich beleidigte Klaviertöne herüber. „Weiß der Polizeipräsident überhaupt Bescheid? Ach, der Polizeiarzt mit seinem Stethoskop war auch schon an der Festgehaltenen dran? Ihr leitender Polizeiarzt..."

Trude Steckel hat das Edelmetall vom Tisch genommen und lässt es wie bei einem Zirkustrick über die Finger rollen. Pech für Jörn, hätte er es doch besser wissen müssen, allerspätestens bei der Nennung Karl Ritter von Halts. Nicht jeder weiß, wozu so ein Reichssportführer überhaupt gut ist. Kopfschüttelnd gibt Jörn Zeichen an die abwesend anwesende Wachtmeisterin Kortenkamp: „Ja, vielleicht handelt es sich am Ende doch um eine weibliche Person, wird sich noch auswiesen... ausweisen, wie Herr Reichssportführer so treffend sagen. Wir hatten ohnehin die Überstellung ans Hauptquartier der Sicherheitspolizei nach Berlin ins Auge gefasst." Er lässt den Hörer sinken, winkt Fräulein Kortenkamp mit dem Zeigefinger aus dem Stuhl hoch: „Führen Sie sie... den da weg... egal, verschwinden Sie, los!", und hält sogleich den Hörer wieder ans Ohr: „Was ich da geredet habe? Nöö, nicht zu dem Sömmering, sicher nicht, das war hier in der Dienststelle zu der Wachtmeisterin. Ich verstehe, wir sollen die Person gründlichst untersuchen lassen. Nicht solche Kurpfuscher ranlassen? Bei allem Respekt, das war der Leitende Polizeiarzt!"

Wachtmeisterin Kortenkamp zieht Steckel eine Spange aus dem Haar und wirft sie auf den Schreibtisch: „Auch nicht das Gelbe vom Ei, sowas... Könnte man sich direkt irgendwas zufügen, mit der Spange, ein Auge ausstechen oder das Trommelfell oder sowas." Das Haar strömt auseinander, der blonde Viertagebart fügt sich ins gesamte Erscheinungsbild ein.

„Mit wem Sie sprechen?", fährt Jörn fort. „Hauptmann Jörn... das ist der Nachname. Wir werden sie schicken in den Frauenklamotten so wie sie ist, damit die zuständigen Stellen sich in aller Ruhe ihre eigene Meinung bilden. Jawohl, ich werde den Herrn Polizeipräsidenten in allen Einzelheiten informieren. Sie sprechen selber mit ihm? Heil Hitler!" Mehr stützt Jörn sich aufs Telefon als dass er auflegt. „Heil Hitler. Nach Berlin, haben sie verfügt..." Sagt er mit einer Spur mitfühlender Rechtfertigung gegenüber der Delinquentin. **Nach Berlin also.**

9

Eine Art Nähe

In Frauenklamotten. War das nicht Spätsommer 1935, eine dreijährige Ewigkeit angesichts der kürzeren die mir seit vorgestern vergangen ist, Spätsommer fünfunddreißig im Reichstrainingslager Ettlingen, auf der Wilhelmshöhe? Das im historistischem Stil erbaute Kurhotel hatte man nach den Wirren des Ersten Weltkriegs in eine Sportlerunterkunft mit Doppelstockbetten und schlichten Holztischen umgewandelt. Diesmal war ich es, die saß, auf dem unteren Bett, die Zudecke beiseite gerollt, vor mir anstelle der sitzenden Aufseherin trocknete sich auf den Abstand einer Armlänge meine Zimmergenossin Gretel Bergmann den schlacksigen Körper ab: „Trude Trude Trude... Schau mal her, jetzt hab ich mir beim Hürdenlauf auch noch den linken Adduktor gezerrt. Den Hürdenlauf hätt ich mir sparen sollen. Außerdem meldet sich mein rechter großer Zeh wieder. Schau her, den hätt ich mir fast an einem Glassplitter abgeschnitten, als ich bei uns daheim im Teich Wasserball gespielt hab. Hast den Willi Welscher gesehen, wie der sich auf der letzten Hürde nach mir umgedreht hat?"

„Und dabei die letzte Hürde glatt umgerannt hat. Wenn's ihn juckt

schaut der sich sogar nach mir um. Der blauäugige blonde Willi Welscher wird den Teufel tun, mit einer wie dir anzubandeln", brummelte ich vor mich hin. An meine tiefere Stimmlage hatten sich die Mannschaftskameradinnen inzwischen gewöhnt.

„Du schaust gar nicht, du! Und etwas mehr könntest du auch aus dir machen. Wenn du die Haare nicht so einfallslos kämmen tätest, und außerdem ein anderes Hemd... Und wieso wäschst du dich eigentlich immer in der kleinen Kabine mit der Badewanne? Das ist auch so typisch unser Trude Grottenolm, tief im Winkel ihrer Höhle verkrochen..."

„Dein blonder Willi Welscher landet bei den Spielen am Ende noch in der Frauenmannschaft, wenn er so weiter macht", gab ich ungerührt zurück.

Gretel schob den rechten Fuß mit der ehemals angeschnittenen Großzehe weiter vor, ließ das Bettlaken, womit sie sich abgerieben hatte, von den Schultern gleiten und wiegte sich kaspernd in den Hüften: „Diese zwei schlanken Beine eines künftigen Mannequins, nicht? Mein Kapital, nicht? Wenn mir in irgendeiner dunklen Gasse ein paar braune Kumpane aufs Schienbein treten, ist es vorbei mit Olympia. Nein, einem Zirkuspferd bricht man nicht die Beine, das wär zu einfach. Ein Zirkuspferd sperrt man eben zusammen mit Trude Steckel in der hintersten Kammer des Trainingslagers ein und lässt es an mangelndem Auslauf verhungern." Einmal hatte ich mitgehört, wie sie ihre Lebensgeschichte der Elfriede Kaun erzählte. Nach der Machtübernahme wurde sie 1933 aus ihrem Ulmer Sportverein ausgeschlossen, durfte immerhin ausreisen und nahm im selben Jahr ihr Studium am Polytechnikum in London auf. Im Jahr danach klopfte das deutsche Innenministerium an und schickte ihren Vater nach England, um sie zur Rückkehr zu bewegen. Ansonsten drohten Konsequenzen für die in Schwaben verbliebene Familie. Der Vater kam am 30. Juni 1934, ausgerechnet zur englischen Athletikmeisterschaft, an der sie teilnahm. Am Abend ihres Sieges im Hochsprung willigte sie widerstrebend ein, und nun stand sie hier, mittlerweile zum dritten Male im Trainingslager, und zum dritten Mal teilten ausgerechnet wir uns dasselbe Zimmer. Neuerdings fragte sie mich, ob ich den deutschvölkischen olympischen Eid auswendig gelernt hätte. Natürlich nicht, wozu denn?, da hat man lediglich den Arm zum Hitlergruß erhoben und das »Ich gelobe« nachgesprochen. „Und wenn ich als Jüdin die Olympia gewinne? Was passiert dann? Mit mir? Mit meiner Familie? Mit den Juden?" Nachts wachte sie schweißgebadet im oberen Bett auf, die Augen mit dem Handrücken gegen die Dunkelheit verschattet, der Ellbogen ragte über die Kante des Seitenbretts, ich lag unten mit halb verschlossener Faust wie einem fremden Haustier im... im Schoß, und horchte auf die Geräusche im Gebälk des Hauses; das alles ohne dass sich die eine der anderen durch ein Räkeln oder Durchatmen kenntlich gemacht hätte. Um so ausgelassener fasste sie mich nun grad bei der Hand, um mich hinaufzuziehen, das Laken ließ die kleinen festen Brüste frei... Neinnein, ich selbst tanze nicht, also ich puffte Gretel in den Bauch und schob sie damit ein Stück von mir weg...

Die brünette Elfriede Kaun spazierte inmitten eines Rudels Sportkameradinnen an der offenen Tür vorbei, Gretels stärkste Konkurrentin und zugleich nächste Vertraute, mit der sie sich stundenlang über die Feinheiten der Sprungtechnik austauschen konnte: „Was treibt ihr denn da? Ach ja – die Bergmann spielt Tausendundeine Nacht!" Tat zwei Schritte herein und zog der Halbnackerten eine mit dem Handtuch über. Die lange Elfriede, die selbst nie Probleme irgendwelcher Art kannte, auch gegenüber den Vorgesetzten und Funktionären nicht.

„Aua! Hier – die Steckel geht beim Duschen in die Kabine mit der Wanne baden, um sich nicht von mir irgendwie anzustecken", kreischte Gretel.

Ehe die Kaun mit einer ihrer gewitzten Gemeinheiten reagieren konnte, bog von nirgendwoher Hausmutter Höllischer um die Ecke und platzte tantenhaft dazwischen: „Also was gibt's hier Besonderes zu gucken? Los, ab in die Dusche, ihr muffelt mir alle Mann wie eine Kompanie Bauarbeiter! Bewegt euch, oder ich schick euch meinen Erich mit! Gleich gibt's Abendbrot... Ach, Bergmanns Gretel produziert sich wieder! Und Fräulein Steckel, was ist mit der Steckel auf einmal los... ganz schweißgebadet..."

„Mutter Höllischer – kommen Sie mit unter die Dusche?“ Ich weiß auch nicht, was mich da auf einmal gepackt hatte. Die Mädchen schwärmten hinaus auf den Flur.

10

Wär ich selbst die Eisenbahn, käme ich spät. Zu spät viel zu spät, spät spät. Ein endloser Strang, die Räder donnern auf den Fugen im endlosen Strang einander folgender Schienenprofile, der verklinkerte Ortsbahnhof Burg (Stadt) schiebt sich kulissenhaft heran, auf dem Bahnsteig warten echte Passagiere aus Blut und Fleisch unverdrossen auf die Lokalbahn, euer Schnellzug Magdeburg-Berlin passiert in gebremstem Tempo. An der Schranke winken blonde stupsnäsige Kinder in Pimpf- und Jungmädeluniformen. Alles ist echt und dadurch wehmütiger, zerrissener als auf der Fahrt nach Magdeburg. Im Jackenkleid sitzt du Knie an Knie mit Kriminalsekretär Sömmering, auf seiner anderen Seite am Fenster hält eine Bäuerin ihre Gans in der Einkaufstasche fest, zwingt sie streichelnd nieder. Sobald der backenbärtige Schaffner von vorgestern durch den Gang naht, verdeckt sie die Tasche mit dem Mantel, dann reicht sie die Fahrkarte hin. Für euch beide präsentiert Sömmering seinen Polizeiausweis. Der Schaffner schüttelt den Backenbart und wandert zum nächsten Abteil, er hat dich erkannt. Sömmering schlägt die Zeitung auf. Eine Spur schwärzer als das letzte Mal prangt es dir von der umgeschlagenen Titelseite entgegen: »Prag fühlt sich stark genug, einen Weltkrieg zu entfesseln« *und* »Die Stunde der Befreiung naht – ein Aufruf des Sudetendeutschen Freikorps«. *Er legt das linke Bein übers rechte, dann das rechte übers linke und blättert von den wichtigeren Ereignissen auf der Sportseite, wo dein Sieg im Hochsprung zusammen mit den anderen Ergebnissen deutscher Damen, zu denen nun auch die österreichischen gehören, nach vorne zur Politik durch. Holt unter der Jacke seine Dienstwaffe hervor und legt sie beiläufig auf den Sitz. „Schön brav bei der Stange bleiben. Wir beide sind als Paar oder gute Freunde unterwegs, sozusagen.*

Unternehmen einen... einen Wochenendausflug. Wir wollen keinen Aufstand nix! Oder?"

Die Bäuerin hält der Gans den Schnabel zu: „Ruhe, Wilma, ganz ruhig, ist schon gut... Ruhe!"

„Keine Bange, Frau, reine Vorsichtsmaßnahme, brauchen sich keine Sorgen machen." Jawohl, so ein Messer oder Pistole... das Klappmesser in der Tasche macht jeden anständigen Jungen aus. Die meiste Zeit ist Sömmering ein frohgemuter Draufgänger, allemal. Die Trude? Trude hat nicht geklaut. Wieso hat der Schaffner sie dann so angeschaut? Wird jeder sie ab nun so anschauen? Worin besteht dann ihr Vergehen? Die Menschen gehen herum, so selbstverständlich, als ob nichts Verkehrtes in deren Leben enthalten wäre. Diese junge Bäuerin versteckt auch etwas. Die Blicke begegnen einander, Trudes und der Bäuerin, zwei Komplizinnen, nur wissen sie nicht genau, worin. „Läuft alles, bestens, nicht?", setzt Sömmering fort. „Sie sind mit ihrem Flattermann nach Brandenburg unterwegs, oder wie?"

„Jawoll, die Wilma."

„Und wir beide, meine Begleiterin und ich, wir unternehmen einen Ausflug in die Stadt, sozusagen. Läuft alles, bestens... naja, ein wenig darf unsereins schon aufgeregt sein... Heißt Wilma, Ihre Wildente?"

„Wilma", prustest du los, „Wilma die Gans! Kommt einem vor wie im Märchen! Und ich... ich heiße Trude! Das ist es: Wilma und Trude und nicht zu vergessen das Angorakaninchen, fahren Zug", kannst du dich kaum wieder einkriegen. „Im Auftrag... im Auftrag des Athletikverbands... auf zu neuen Bestmarken... Da wird niemand aus dem Zug rausgetragen..."

Sömmering faltet bedächtig die Zeitung zusammen und schlägt dir mit dem Papier ins Gesicht. Die Bäuerin drückt die Gans unter ihren Mantel, dabei die Streichelbewegungen zu einem fahrigen Kraulen steigernd, dass sie dem Vogel bald die Federn ausrupfen dürfte, und lächelt den Kriminalsekretär flehentlich an. Der richtet sich hoch, wirft dir den wütenden Blick eines Ehemannes zu und winkt dich mit der Dienstpis-

tole hinaus auf den Gang, du trottest ihm nach in Richtung Toilette. Unterwegs löst er schon mal seine Hosenschnalle. „Schön brav hier warten. Wenn ich rauskomme, bist du immer noch da! Verstanden? Verstanden!" Die Bremsen quietschen, der Zug fährt durch den langgestreckten Bahnhof von Genthin, du betrachtest dich in der Glasscheibe, deine Silhouette eingerahmt im Passepartout des im Schritttempo vorbeischwebenden Bahnsteigs, spielend könnte man das Fenster herunterziehen und sich aufs graue Pflaster schwingen wo höchstens mal der Fahrbetriebsleiter wartet, um dich aufzufangen... Sich den Hosenstall zuknöpfend, kommt Sömmering erleichtert aus der Toilette. „Wir gehen zum Speisewagen! Was zu beißen muss es geben, ob Weiblein oder Männlein oder ne Gans, nicht?" Waggon um Waggon arbeitet ihr euch vor. In den nicht vom Vorhang verhängten Abteilen erblickst du Reisende mit Zeitungen in der Hand, immergleiche Schlagzeilen: Die Stunde der Befreiung naht!... *wenn man wollte, könnte man dies für das Geheimzeichen von Verschwörern halten. Verschwörung, genau, ist dir so noch nie aufgefallen, solange du nicht... nach Magdeburg gekommen warst.*

Im Speisewagen bestellt Sömmering sich ein Helles. Mit der flachen Hand wischt er die nichtvorhandene Krone weg und schaut in die Runde, entdeckt die Zwillingsschwester Hertha, die ein paar Tische weiter an ihrem Kaffee nippt. Er nimmt sein Glas und macht sich auf den Weg zu ihrem Tisch. Von nebenan melden sich wortlos eine Großmutter mit einem im Käsekuchen prokelnden Enkel, beide beobachten dich Zurückgelassene, der Junge lässt die Kuchengabel auf den Boden fallen, Großmutter bückt sich unter den Tisch, du nutzt den Augenblick und streckst ihm blitzschnell wie eine Eidechse die Zunge raus. Von hinten winkt Sömmering dich herbei: „Spring mal zu uns herüber", und blinzelt seine frische Bekanntschaft an. „Der war gut, wa? Das ist Trude. Wir unternehmen eine kleine Spritztour nach Berlin. Den ganzen Namen darf ich nicht verraten. Sag mal, Trude, wie heißt du eigentlich richtig? Mit den anderen Vornamen?" Statt die Antwort abzuwarten, fängt er den vorbeihastenden Kellner ab: „Bringen Sie uns... eine Flasche... zwei Glas Sekt...", und schmuggelt der Hertha unaufdringlich zwei Finger auf den

Hemdärmel: „Wollen Sie Sekt trinken? Ich geb´ einen aus sozusagen... Aus dem Anlass unseres Treffens. Zufälle gibt´s ja nicht, ist doch klar!“

„Sekt am Mittag schon? Sie wollen uns Mädchen nicht etwa abfüllen?“, ziert die Frau sich mit Kleinmädchenstimme.

„Zwei Glas gehen auf jeden Fall!“, wiederholt der Kriminalsekretär die Bestellung. „Nur ein Mädchen, nicht beide Mädchen! Und für das hier, genau, dem bringen Sie meinetwegen irgendeine Limonade. Dann hat sie auch etwas was in der Nase bizzelt“, grinst er, und fasst der Hübschen erneut an den Ärmel: „Wenn ich sage »spring!«, springt das Subjekt ein Meter fuffzig... fünfundsechzig hoch. Einfach so, aus dem Stand. Erstaunlich, nicht?“

Beider Augen richten sich auf dich, die du dich dem Fenster zugewendet hast, Sömmerings freudig angeregt, die der Frau mit einem Einschlag ins voyeuristisch Mitleidige. „Trude, und nichts weiter! Auch keine Nachnamen“, legt Sömmering den Zeigefinger an die Unterlippe. „Psst! Kann man demnächst in der Zeitung nachlesen... aber wollen wir ja nicht.“

Bei der Einfahrt in Potsdam trottet eine Abteilung der SA nahezu soldatisch den Staubweg entlang, auch eine Abart von Leistungstraining. Eine Gruppe am Havelufer sitzender BDM-Mädel winkt den SA-Männern zu, beides schmerzlich verstärkt durch ihre Abbilder im Wasser, dessen Glätte sich an den herabhängenden Ästen einer Trauerweide bricht, die Straße hingegen ist matschig, Septemberlandschaft, du siehst wieder dein Konterfei im Fensterglas wie es vor dem Hintergrund rotschwarzer Fahnen daherschwebt.

Warum rasiert sie sich nicht? Die Person?“, fragt Hertha leise.

„Meine Liebe, so was kann ganz schnell ins Auge gehen! Wenn so Subjekte ein Rasiermesser in die Hand bekämen, da könnten sie sich mit Sicherheit was antun.“ Ist Sömmering eigentlich ein schöner Mann? Und – fühlst du dich vielleicht selbst zu ihm hingezogen? Sobald du wegschaust, starrt dich die Schwägerin an. Hier seid ihr kein Paar, Sömmering und du, seid auch keine Geschwister... Und was war nochmal dein Vergehen? Wärst du vielleicht nicht so hoch gesprungen, wäre das ganze Schlamassel nun nicht... In Berlin erwartet einen... vielleicht sind es auch nur die

Sportfunktionäre die dir immer begegnen... es wird sich alles klären. Oder lieber nicht.

Hertha strahlt. Wirkt bald um zehn Jahre, geradezu gefährlich verjüngt. „Interessant halt, dass sie... es... die Person einen einzigen Vornamen haben soll... Vermutlich aus äußerst einfachen Verhältnissen sowas. Muss es eben auch geben.“ Sie setzt das Glas ab und stützt sich mit dem Ellbogen auf ihre Zeitung von heute: „Tschechenterror… ja. Dieser Präsident Benesch ist eine echte Bedrohung für den Weltfrieden, hab ich mir sagen lassen. Gottseidank werden die Sudeten bald befreit.“

Der Bahnsteig am Lehrter Bahnhof ist bevölkert, kein Vergleich zu Magdeburg, die Reisenden drängen sich durch das Nadelöhr der Waggontür, wimmeln zu den Ausgängen hin, in deren Verlängerung die Straßen in einer Aufmarschallee vereint auf ein einziges Stadion zulaufen, das Olympiastadion.

Olympiastadion. Davor stellen Die Siegerin *und* Der Zehnkämpfer *Arno Brekers, bronzene Monumentalstatuen in der Säulenhalle am* Haus des deutschen Sports, *den idealtypischen nordischen Körper voller ruhender Kraft und Entschlossenheit vor. Durchs Marathontor geht es ins große Oval vor die rundum besetzten Ränge ohne ein einzelnes Gesicht. Die maßlose Stille vor dem Sprung, dann der ins Zeitlose gestreckte Augenblick, bevor der zweite Fuß sich über die Latte schwingt, und auch die Ferse nicht einen Hauch von Berührung verspürt hat. Und selbst nach dem Aufkommen hält das Gefühl der Zeitlupe unvermindert an, als bliebe man auf unbestimmt in der Luft hängen. Bevor der Applaus losbricht.*

Auf den Bahnsteig steigst du ohne großartige Verzweiflung und ohne fremde Unterstützung aus. Womöglich wird alles gut in Berlin, sicher wird alles gut. Kommissar Sömmering springt nach und hakt sich bei dir unter, als Paar werdet ihr von einem Chauffeur in SS-Uniform in Empfang genommen, der seine Irritation durch joviale Begrüßung überspielt; der Kriminalsekretär schickt noch einen Zwitter aus Hitlergruß und frivolem Wink der frischen Eroberung aus dem Zug nach: „Bis heut abend denn..." Fräulein Hertha wedelt mit dem Handschuh zurück, unter der Begleitung des Chauffeurs wirst du durch die Menge bugsiert, Seite an Seite mit der Bauersfrau und deren zischenden und schnatternden Gans, durch verschiedentlich gemischte Mengen von Passagieren Passanten Angehörigen Gaffern Wartenden, die euch mittragen oder im Gegenteil euch entgegenströmen und dich zurück zu den Zügen und gar nach Magdeburg mitbefördern möchten. Wilma.

***

Knapp nach zehn Uhr steigt Heydrich in den offenen Dienstwagen. Schmidt chauffiert, der Zugwachtmeister Deutscher Schäferhund hechelt mit hängender Zunge auf dem Beifahrersitz, Speicheltropfen saugen sich ins Polster ein. Vor jedem Sitz steckt ein Revolver im Halfter, unter der Armaturentafel sind Maschinenpistolen installiert. Dieses Mal fahren sie durch einen sonnigen Herbsttag, plötzlicher Altweibersommer, Heydrich zieht einen Bericht an den Leiter der Reichskanzlei Dr. Heinz Heinrich Lammers aus der Aktentasche, schlägt die Mappe auf und bald wieder zu, im Fahrtwind macht es wenig Sinn, sie zu studieren. Beiläufig winkt er einen für seine Wolfsaugen jüdisch daherkommenden Vater mit Kind vom Gehsteig in den Rinnstein herunter. An der Ecke der Königin-Luise-Straße federt er im Sitz hoch und legt mit zusammengelegtem Zeige- und Mittelfinger der empfindsam präraffaelitischen Hand auf zwei Frauen an, als wollte er sie abschießen. Die eine ist die Schwägerin Hertha aus dem Zug, ihre Begleitung ist es jedoch, die eine befremdliche Ähnlichkeit mit Lina Heydrich aufweist.

***

Professor Arno Breker, achtunddreißig Jahre alt, zurückgekämmtes Haar mit tief einschneidenden Geheimratsecken, gestreiftes Hemd, Krawatte, lässig umgehängter weißer Kittel, Hochschule für die bildenden Künste, Hardenbergstraße 9 in Berlin-Charlottenburg. Heydrich und Schmidt betreten das lichtdurchflutete Atelier mit Heldenfriesen und Gipsmodellen allegorischer Monumentalstatuen, zwischen Porträtbüsten von Nazigrößen in verschiedenen Stadien der Vollendung. Von aufgebäumten Rössern flankiert, runzelt in der Ecke ein Heroenkopf ohne Leib die mächtige Stirn. Von Studenten flankiert, arbeitet Breker nach einem vorgeneigten Aktmodell. *En passant* winkt er Heydrich einen Willkommensgruß zu und taucht zurück in das Gespräch um den nackten Zehnkämpfer, der nach einem Kreuzbandriss trotz sechswöchiger Behandlung bei Professor Gebhardt im Sanatorium Hohenlychen seine sportliche Karriere hatte beenden müssen. Übrig geblieben ist ein lädiertes Knie und ein nordischer Torso, der mit seinem Florett in die Luft stößt wie ein Fahnenträger in den feindlichen Beschuss. Heroische Zeiten erfordern heroische Torsos, so auch die Zeiten von Flugzeugstaffeln der Messerschmitt Bf 110 und von Zyklon B. Nicht viel weniger heroisch wird es ein Jahr später den berittenen polnischen Ulanen im Kampf gegen deutsche Panzerverbände ergehen. Heydrich schlägt mit einer gemessenen Verbeugung die Hacken zusammen, wartet die Spanne eines Atemholens und -anhaltens ab und setzt dann zu einer Wanderung durchs Atelier an. Streicht mit der Handfläche über die für den Ehrenhof der Neuen Reichskanzlei bestimmten Monumentalmodelle *Partei* und *Wehrmacht*, stellt sich Aug in Aug Brust gegen Brust nacheinander mit *Wager Wäger Anmut Psyche Eos*, nicht zu vergessen die für den Runden Saal der Reichskanzlei bestimmten Reliefs *Genius* und *Sieger*. Nimmt einen Säbel von der Fensterbank, führt zwei-drei Ausfälle, von einem Augenblick zum anderen ist er auf der Planche, die breiten Hüften bilden selbst unter der Uniform beim Drehen einen unverkennbaren Gegensatz zum schmaleren Oberkörper; in eigensinniger Manier weist er etwas von einem Zentaur auf, würde so jemand wie Breker behaupten, so jemand der neuerdings mit einer Griechin namens Demetra Messala oder Messalina, wie auch immer, verheiratet ist. Heydrich fasst den Säbel mit beiden Händen und visiert den Rottenführer Schmidt an: „Wie wär es mit einem Fechtporträt von mir?“ Stoppt seinen nächsten Ausfall mit der Säbelspitze zwei Zentimeter vor Schmidts Brust, Schmidt bleibt wie angewurzelt – und so was soll Leibwächter spielen! Als Material zwar gutwillig, aber nicht was man hochrassig nennen möchte. Rottenführer Schmidt kann das nimmer beurteilen, er denkt ja stattdessen an seinen Vorgesetzten den Hund, der unangeleint im Auto mit den Maschinenpistolen wartet.

***

Knappe drei Jahre später, Bad Kreuznach im August 1941: Zum zweiten Mal sind die Deutschen Kriegsfechtmeisterschaften beendet. Die Reichssonderklasse, die 12 Besten, sind angetreten und werden mit der goldenen bzw. silbernen Leistungsnadel des NSRL [Nationalsozialistischer Reichsbund für Leibesübungen] ausgezeichnet. An fünfter Stelle steht in Reih und Glied ein General der Polizei. Es ist Reinhard Heydrich, der Chef der Sicherheitspolizei und des SD. Freudig nimmt er die Glückwünsche entgegen, und doch spricht aus seiner ganzen Haltung die Bescheidenheit des Siegers. Nicht ruhen und rasten, immerzu an sich selbst arbeiten und vorwärts streben, das ist seine Grundeinstellung, gleichviel ob es sich um Sport oder Dienst handelt.

Fachzeitschrift *Leibesübugen und körperliche Erziehung*

***

Endlich steuert der Bildhauer auf die Neuankömmlinge zu, streckt die hornhäutige Hand aus, umfasst prüfend die Heydrichs ohne sie zu schütteln, und rundet sich merklich in der Schulterpartie: „Herr Gruppenführer...“

„Den Gruppenführer lassen Sie mal weg, Professor.“

„Wenn ich bitten darf, am besten nehmen Sie Platz hier auf dem

Podest, da kriegen Sie optimales Licht." Tuschelnd gruppieren sich die Studenten zu einem Halbkreis, gewiss eine neue Generation, forsch und fordernd, der Schmidt gehört letzten Endes auch dazu, nur eben in schwarzer Uniform; in nicht allzu ferner Zukunft wird sich das Bild wandeln, mehr und mehr von ihnen werden die Uniform anziehen. Heydrich setzt sich hin und lässt den Säbel auf den Boden neben dem Stuhl gleiten. Auf dem Werktisch steht das Material für seine Büste bereit. „Haben Sie gut hierher gefunden? Überflüssige Frage, ich weiß ich weiß... mit den Armen stützen Sie sich ruhig auf die Seitenlehnen." Professor Breker fasst den Gruppenführer mit spitzen Fingern wie ein Coiffeur-Barbier-Zahnarzt an Kinn und Scheitel, dreht den Kopf ganz langsam ins Profil; nebenher führt er den Umgang mit einem zu Porträtierenden vor. Schon von weitem hat er die überlange Nase unter den Wolfsaugen registriert, den kleinen Mund mit den aufgeworfenen Lippen. „Drück ich nicht zu fest? Ja, so könnte man es sich vorstellen. Edles Profil – wie für eine Marmorbüste oder ein Denkmal. Oder darf es in Ihrem Falle Bronze sein wie die Büste des Führers? Eher denkerisch oder eher zur Tat entschieden?"

War das nun gegen ihn gerichtet oder nicht? Hüstelnd überspielt der Gruppenführer gegenüber den Umstehenden, dass er sich von ihnen gestört fühlt: „Wer denkt, hat sich doch entschieden, nicht, meine Herren?" Schmidt, der Wachhund, lacht nicht mit den anderen, er hat auf seine ehrlich völkische Art nichts kapiert. Die geschäftigen Barbierfinger des Bildhauers drehen den nervösen Kopf mit der rechten Seite, dann mit der etwas stärker verkniffenen linken Gesichtshälfte ins Licht. Als ob er die Maske des obersten Polizisten und Schutzhaftmeisters dem Halbrund der Studenten präsentierte.

11

Epidemie und Pandemie. Zu Beginn des 20. Jahrhunderts traten, an die Epidemie namens Erster (industriell betriebener) Weltkrieg anschließend, zwei unter den Begriff einer Pandemie fallende Seuchen auf: zunächst die Spanische Grippe, an der ungefähr die Hälfte der Weltbevölkerung erkrankte und über 21 Millionen Menschen starben. Es folgte 1917-27 die atypische Tollwut, wegen ihrer Symptomvielfalt mit zahlreichen medizinischen Termini belegt: atypische epidemische Schizophrenie, epidemisches Delirium, epidemische multiple Sklerose, atypische Poliomyelitis, epidemischer Parkinsonismus. Heute wird dieses Krankheitsbild als Encephalitis epidemica, Encephalitis lethargica oder Europäische Schlafkrankheit bezeichnet. Die Zahl der Verstorbenen wird auf 5 Millionen geschätzt. Bei den Encephalitiskranken wurde im Gehirn ein mit den Grippe-Erregern verwandtes Virus nachgewiesen. Es führt zu einem charakteristischen entzündlichen Schädigungsmuster tiefliegender Gehirnstrukturen. Nach zehntägiger Inkubationszeit litten die Patienten unter extremer Schlafsucht, oder im Gegenteil an anhaltender Schlaflosigkeit. Hinzu kamen neurologische Störungen wie Hirnnervenlähmungen (Blickkrämpfe), Muskelzuckungen, unbeherrschbare Bewegungsstörungen (Chorea) und psychische Veränderungen im Sinne von Depressionen, Euphorie, Apathie, Unruhe, Wahnideen oder Delirien. Darauf folgte entweder sofort oder nach einem beschwerdefreien Intervall von Jahren bis Jahrzehnten das chronische Stadium des »Parkinsonismus«: gebückte Körperhaltung, erhöhter Muskeltonus bis hin zur Muskelstarre, Zittern, fehlende Mimik, unkontrollierbarer Speichelfluss, das Fehlen seelischer Reaktionen sowie Störungen des Nervensystems wie Tics, Krämpfe der Gesichtsmuskeln, und nicht zuletzt rezidivierende Infektionen des Atemtraktes. Vom Kleinkind über den Jugendlichen bis zum älteren Erwachsenen waren unterschiedslos alle Altersgruppen betroffen.

Nach Ludwig Heilmeyer (Hrsg.): Lehrbuch der Inneren Medizin, Springer Berlin 1955, sowie Oliver Sacks, Awakenings, Perennial 1990

***

Du nennst die nächste Zelle dein eigen. Weitgehend dein eigen, auf der zweiten Pritsche sitzt einer, gebeugt verfolgt er aus dem Augenwinkel deine Richtungswechsel, so gesehen sind das Ausgreifendste an ihm die Bewegungen der Augäpfel. Die Zelle ist länger als die in Magdeburg, dafür eben schmaler, Tisch und Spind, Regal, Waschgelegenheit, freistehende Toilette. Ein Türspion einerseits, andererseits ein vergittertes Fenster, dessen Hälfte oberhalb des Eisenrosts in gewohnter Weise auf den Gehsteig schaut.

„Die werden sich hüten, eine Europameisterin sang- und klanglos verschwinden zu lassen. Die haben doch meine Medaille, daran können sie´s ja absehen. Ablesen. Der von Tschammer und Osten und vor allem der Ritter von Halt werden nicht tatenlos zusehen... das können die sich nicht leisten, so was. Würde auf sie selbst zurückfallen." Bei den Richtungswechseln stößt du dich mit der Hand an der Tür ab, mit dem Fuß von der Wand. Maß nehmen bist du gewohnt, egal ob beim Springen, Laufen oder Kugelstoßen. Mit dem rechten Bein abstoßen und das linke zum Schersprung hochgeschleudert, oder auf dem linken beim Kugelstoßen stehen bleiben, hüpfend balancieren, um die Markierung nicht zu übertreten... Du könntest auch andere Disziplinen wie das Rasen im Motorradkäfig, schließlich ist was du hier durchziehst sowieso mehr Zirkus denn Sport. Künftig wirst du dich auf Jahrmärkten ernähren, als unrasiertes Monstrum auf Stöckelschuhen das vom Trampolin hochfliegt. „Bei mir ist der Fall völlig anders gelagert, ich bin bloß aus Versehen hier, nur auf eine Stippvisite." Hältst inne und schneidest eine Fratze gegen die Tür. „Nichts für ungut. Wird sich alles klären." Und weiter wird gelaufen, kannst gar nicht auseinanderhalten was du sagst und was du nur denkst. „Je nun, bin ich nun Mann oder Frau? Gut, manchmal frag´ ich mich das auch. Was denn?"

Der Parkinsoniker hat irgendetwas dazwischengemurmelt.

„Kannst du nicht deutlicher reden?"

„Ich hatte die spanische Grippe", mault der Patient eine Spur lauter. Jawohl, er ist Patient, auch Patient.

„Grippe? Ich bin auch kein Politischer. Hab noch nicht mal was gestohlen." Stößt dich aus gegebenem Anlass mit beiden Füßen von der Tür ab, was einen deftigen Knall gibt. „Andererseits... vielleicht wird es auch sein Gutes gehabt haben, wenn die Sache mit dem Frausein zum Klappen gekommen ist."

Ein Schlüssel rasselt im Schloss, das ruft ein kurzes Erschrecken hervor, ob da nicht eine Vergeltungsmaßnahme auf dein Gepolter daherkommt. Ein Aufseher steckt die Nase herein.

„Sagt Ihnen das Fachamt Leichtathletik was?", fährst du die Nase an. „Karl Ritter von Halt, hat mir die Medaille persönlich überreicht. Mit einem Hitlergruß, wie sich das gehört. So geht´s – Hitlergruß! Ich stand ganz oben – auf dem Siegerpodest, so!"

Der Wächter weicht beiseite, Häftlingshände reichen Essen herein. Der Parkinsoniker erhebt sich etappenweise und schlurft hin, den Teller entgegennehmen.

„Warten Sie mal, ich mach das für ihn", kommst du ihm zuvor.„... brauch nicht soviel...", kaut der Parkinsoniker noch an Wörtern, als wären sie die Vorspeise von dem Fraß der dir wie ein Festmahl erscheint. Der Zigeuner und der Kommunist im Magdeburger Gefängnis waren da andere Kaliber gewesen, waren aus einem Wirbel der Ereignisse in die Zelle hereingestolpert, andere Kaliber allein, weil man ihnen die Fresse poliert hatte. Der hier ist damit beschäftigt, ein halbes Schrittchen ein Sabbern ein Murmeln zustande zu bringen. Wie kann man derart in sich eingesperrt sein! Das Untersuchungsgefängnis in der Prinz-Albrecht-Straße, in dem ihr steckt, ist die reinste Verschwendung für so einen. Am liebsten tätest du einen Riesensatz gegen die Wand, angesichts des Aufsehers werden daraus nur zwei rasche Schritte auf den Häftling vom Essendienst zu, der Aufseher greift unwillkürlich nach der Waffe am Gürtel, du bremst mit einem Hauch von Hüftschwung ab und nimmst die beiden Teller in die Hände. Der Patient schiebt mit gleichmütigem Zittern den Teller von sich. „Kannst die Hälfte von mir haben. Hab mich entwöhnt."

„Meinst du wirklich?“, sprichst du ihn laut wie einen Minderbemittelten an und lädst dir die Hälfte von seiner Portion herüber. „Ich brauche Kalorien – damit ich springen kann. Macht dir wirklich nichts aus, dass ich... Hast keinen Appetit? Ich muss als Sportlerin ordentlich essen. Hauptsache essen.“

Der Zellengenosse verwischt sich mit dem Ärmel den Sabber im Gesicht: „Spanische Grippe. Hatte die Spanische Grippe. Vor zwanzig Jahren. Neunzehn. Hundert. Achtzehn. Wird immer schlimmer. Macht auch nix...“

„Ich bin 1918 geboren. Werd in sechs Wochen zwanzig.“ Du stehst auf, hast den Teller mit Alpakalöffel und Zunge blankgeputzt. „Seit zwanzig Jahren... heißt das... Bist du seit zwanzig Jahren hier? Soll ich dir dein Essen kleinstückeln?“

Der Parkinsoniker beugt sich vor und verschmiert sich die Soße ins Gesicht: „Sieben Wochen.“

Du ziehst ihm den Teller weg und zerteilst mit dem Löffel das restliche Essen in Häppchen: „Was – sieben Wochen!?“

Der Parkinsoniker schaut deinen Verrichtungen gleichmütig zu: „Sieben Wochen hier.“ Sagt das, als wäre er mit der Zeitspanne von sieben Wochen zufrieden.

„Was!? Ganze sieben Wochen?“ Du schiebst ihm den Teller unter die Nase, wendest dich zum Fenster, hängst dich an die Gitterstäbe. Nimmst das Herumwandern wieder auf. Vielleicht gilt das auch nur für dem seine Krankheit oder Wesensart, weil die so verlangsamt ist. Der ist in sich verschraubt mit inneren Streben und Scharnieren, die ihm lediglich zerstückelte Ansätze und Fragmente von Bewegungen gestatten. Aber – niemand zweifelt daran, dass er ein Mann oder Frau sei, und vor allem interessiert das hier in seinem Fall kein Schwein. Wieso eigentlich nicht? „Und wieso hält man dich seit sieben Wochen fest?“

***

Wer die Encephalitis überstand, war zu Bewegungsstarre und Apathie verurteilt; er vegetierte in einer Art »Wachkoma« dahin. 1937 wurden im damaligen deutschen Reichsgebiet 36 Tausend Parkinsonkranke als Opfer der Pandemie erfasst. Im gleichen Jahr errichtete Dr. W. Völler in Kassel unter großen persönlichen Opfern das erste deutsche Behandlungszentrum, die nach der als Schirmherrin fungierenden Königin von Italien benannte Elena-Klinik.
Im gleichen Maße, wie die postencephalitischen Parkinsonpatienten im Zuge ihrer Hospitalisierung aus dem Blickwinkel der Öffentlichkeit verschwanden, geriet auch die Pandemie mit ihren verheerenden Auswirkungen in Vergessenheit. Es gilt als gesichert, dass sie nicht neuen Datums ist: bereits Hippokrates hatte eine vergleichbare Epidemie beschrieben. Die uralten bekannten Geißeln der Menschheit wie Pest Syphilis Pocken Malaria Fleckfieber Cholera Tbc usw. hatten durch die Entwicklung von Hygiene und Bakteriologie ihre Schrecken verloren. Es gab Antibiotika und Impfstoffe, die sie einzudämmen vermochten. (Allerdings disponierten die deutschen Ärzte während des Zweiten Weltkriegs lediglich über Sulfonamide, Penicillin wurde in England produziert, mit dem das Dritte Reich den Handel abgebrochen hatte.) Ganz anders verhielt es sich mit der Encephalitis lethargica. ... Da die Erkrankung auch nach 1927 gelegentlich aufgetaucht ist, mag das Virus immer noch latent vorhanden sein.

***

Unter den Augen deines Zellengenossen wanderst du lispelnd auf und ab, wiederholst, gar nicht so weit von seiner Sprechweise entfernt, vor dich hin: „Halt. Karl Ritter Ritter Karl von Halt. Paragraph 183a. Hat der Kommunist gesagt: Erregung öffentlichen Hindernisses... Ärgernisses. Was können die mir letztlich ankreiden? Von Halt..."

***

Besuchsraum

Im Besuchsraum hält sich der Reichssportführer Hans von Tschammer und Osten seinen verkümmerten rechten Unterarm am Leib, seine Eigenart, woran ihn Trude auf hundert Schritte Entfernung erkennt. In der Mitte steht der Tisch mit zwei Holzstühlen an den Schmalseiten und einem an der Längsseite. Diesen mittleren Stuhl zieht der Aufseher weg, um sich in der Ecke unter das vergitterte Fenster hinzupflanzen; die Stuhlbeine schaben dabei auf dem Boden, das Holz knarrt unter seinen Schritten.

„Es spielt sich hier nichts Unerlaubtes ab. Sie müssen nicht... brauchen nicht unbedingt die ganze Zeit“, deutet von Tschammer an. Der Aufseher versteht den Wink nicht, wartet ab, umso mehr ist Trude schlagartig vom Klang der vertrauten Stimme berührt... eine überwiegend von Ansprachen an die Sportlergemeinde bekannte Stimme. Zwei schlanke Menschen einander gegenüber, der eine durchtrainiert, der andere seit dem Weltkrieg verdorrt. Von Tschammer und Osten greift mit der linken Hand in die Jackentasche, die Hakenkreuz-Armbinde am kräftigeren linken Ärmel fährt durch die Luft und er reicht dem Aufseher eine Zigarettenpackung: „Können eine rauchen gehen.“

Die alten Lungentorpedos von Roth-Händle. Der Aufseher zählt unauffällig die Zigaretten durch. Die Packung ist zur Hälfte voll. „Jawoll, Herr Reichssportführer. Das geht leider nicht so einfach. Ich müsste Sie hier dann einschließen... damit niemand reinkommt und Sie allein hier vorfindet.“

Von Tschammer und Osten wird unwillig: „Wenn jemand reinkommt, schicken...“

„Jawoll, Herr Reichsminister. Ich wollte nur sagen: das wird kein Häftling sein wenn wer reinkommt, sondern einer von meinen Kollegen. Ich meine, von den Vorgesetzten. In Ordnung, wenn Sie dann fertig sind, Sie klopfen dann ein paarmal, ja?“ Der Aufseher schließt von außen ab, nach neuerlichem Rasseln des Schlosses steckt er den

Kopf wieder herein, nickt und zieht die Tür einfach nur zu.

Von Tschammer fasst sich an die Tasche nach den Zigaretten... ach ja, die hat er dem Aufseher vermacht. Und seufzt entschieden väterlich: „Mädchen Mädchen Mädchen..." Steckel schaut zum Fenster, zur Decke, zur unverriegelten Tür, wetzt auf dem Stuhl wie ein Zappelphilipp herum. Von Tschammer zieht schweigend Luft ein, wie um zu prüfen wie viel davon im Raum für sie beide vorrätig ist. Sie haben mit Zigaretten erkaufte Zeit, notfalls bis zu seinem Nachmittagstermin im Innenministerium. Mädchen Mädchen Mädchen...

„Ja", erklingt es von Steckel zuletzt. „Ja."

„Du kommst zum Professor Gebhardt. Zu einer richtigen, anständigen Untersuchung. Du kennst doch Professor Gebhardt, von der Olympiamannschaft her..." Auf dem Flur nähern sich Schritte, verlangsamen, gehen an der Tür vorbei. „Ja, wer hätte das gedacht", sagt von Tschammer und Osten, und streckt die Knie in den enganliegenden dunklen Hosenbeinen durch.

„Ich könnte jetzt ruhig eine rauchen", meint Trude.

„Hier... Du rauchst auch?"

„Weiß nicht. Von den Trainingsbedingungen her ist´s hier völlig unzureichend. Ja doch. Ich schaffe doch in der Tabakfabrik, bin dort Einzelhandelskauffrau, eigentlich auch Packerin... Kauffrau... Zigarren, ich weiß wie das Zigarrendrehen geht, zum Beispiel."

„Ob hier auch abgehört wird?" Wie im Edelsalon Kitty? Ist ja direkt in der ureigenen Behörde von Heydrich, dieses Gefängnis Prinz-Albrecht-Straße. Der Stuhl des Aufsehers in der Ecke unterm vergitterten Fenster. Der Querriss im ockerfarbenen Lack an der Decke, von einer Wand zur anderen. „Du kommst nach Hohenlychen zu Professor Gebhardt. Irgend so ein Kurpfuscher von der Polizei Magdeburg hat uns nichts zu erzählen. Mädchen Mädchen..."

„Ich weiß auch nicht. Ich konnte mich ja nicht im Zug rasieren, weil... weil ich nämlich mein Zeug im Koffer... in der Tasche eingeschlossen hab. Außerdem, wie soll man sich im Zug rasieren, geht doch gar nicht, da schneidet man sich nur...", fährt Steckel sich mit dem Handrücken übers Kinn und senkt die Stimme: „Hier ist so einer mit mir in der Zelle..."

„Was für einer? Ein Mann? In einer Männerzelle?"

„Ja klar. So ne Krankenabteilung. Der ist halbwegs gelähmt. Soll heißen, bewegt sich nicht richtig. Sabbert nur, lauter Speichel. Aber löffelt dabei nicht genug. Wissen Sie was von spanischer Grippe? Ich hab nur mal in der Zeitung vom Spanienkrieg gelesen. Gibt´s jetzt auch die spanische Grippe dazu?"

Von Tschammer holt tief Luft ein, ein Sich-der-Luft-Vergewissern vor dem Sprechen. Neinnein, der Reichssportführer könnte nicht nur keine Kugel stoßen, der wäre nicht mal imstand auch nur achtzig Meter zu laufen, ohne dass ein Marathon für ihn draus würde. „Wir werden zu Professor Gebhardt fahren, der soll sagen was er von der ganzen Geschichte hält. Ja, was ist los mit dir, Steckel? Wir werden das schon irgendwie stemmen. Hast dich in einen Mist hineingeritten... und andere könnte es leicht mit sich reißen, unter Umständen, das ist längst nicht mehr deine eigene Angelegenheit. Auch nicht allein von deiner Familie, verstehst du?"

Steckel schaut seinem Gegenüber ungerührt zu. „Kleine Spazierfahrt kann unsereinem nur guttun. Klar bin ich ein Mädchen, das werden die einsehen. Der Gebhardt war bei der Olympia auch dabei, der wird das wissen. Wenn er sich noch an mich erinnert."

„Schon gut... du Trutzwürschtel!"

Erneut kommen Schritte vorbei, diesmal die des Aufsehers, der steckt die Kartoffelnase herein, murmelt etwas was sich nach einem Fragezeichen anhört, etwa auch wie »vorläufig«, zieht ein vorläufig letztes Mal von draußen zu, bleibt an die Tür gelehnt, ohne recht zu lauschen.

„Wir werden das schon schaukeln. Keine Sorge. Die haben mich in die Zelle mit so einem Kranken gesteckt, so einem...", hebt Steckel das Trutzwürschtel die Stimme, und ahmt die tatterigen Stockungen des Parkinsonikers nach. „Als ob... ich selber krank wäre. Von wegen spani… scher Grippe einge… sperrt. Also mit ihm steht´s wirklich ernst. Seit sieben Wochen da. Kommen Sie irgendwie an meine Toilettensachen ran? Die ganzen Toilettensachen haben sie mir in Magdeburg weggenommen. Vor allem die Medaille, die von der Weltmeisterschaft…"

„Europameisterschaft", korrigiert von Tschammer betont leise.

„Auf jeden Fall an die Medaille! Ohne die kann ich absolut nicht… zu dem Professor Gerhard. Ausgeschlossen."

„Gebhardt", korrigiert von Tschammer und Osten.

Trude langt über den Tisch ungeschickterweise nach dem rechten Arm von Tschammers. Der Reichssportführer will zurückziehen, Steckel krallt sich fest. „Fahren wir zusammen hin?" Von Tschammer richtet sich hoch, Steckel hängt immer noch an ihm dran, der Arm ausgefahren über die Tischplatte: „Sie fahren mit mir hin? Fahren mit mir? Mit mir?"

***

Volle Ränge im Stadion, zu dem all die Straßen führen, die sich zu einer einzigen Aufmarschallee, der Via Triumphalis *vereinigen. Die Zuschauer? Gewiss, die Zuschauer unterhalten sich erst einmal, übergangslos tritt diese atemlose Stille vor dem Sprung ein. Leni Riefenstahls Kameraleute – die anderen Produktionsteams hat die Filmerin aus dem Stadion werfen lassen – legen sich in den ausgebuddelten Graben neben der Landefläche und richten das Objektiv auf die Latte. Den Sprung selbst nimmt man praktisch nicht wahr, nur eine zusammenhängende schwarzweiße Fläche der eingefrorenen Versammlung. Die Zuschauer jubeln los, eine Masse klatschender Hände und offener Münder, auch die Uniformen dazwischen, die blonden Scheitel und die krausen, Asiaten und sogar N**er, dazwischen ebenfalls als Zuschauerin die Gretel Bergmann, das Gesicht hebt sich in voller Schärfe ab, das dunkle Haar, das jüdische Profil mit der Hakennase, falls es so was in der Art gibt – aber als Eselsbrücke, um sie in der Menge zu erkennen, hilft es schon… sie jubelt und klatscht als einzige nicht!*

Das Stadion und mit ihm das ganze Gelände sind auf einmal leer, Leni Riefenstahls Kamera fährt die Treppe hinauf zu der olympischen Feuerstelle, gleitet zum Einschnitt im Rund des Stadions, dem Marathontor, das den Blick auf den Glockenturm freigibt. Die Anlage wurde nach den Plänen des Architekten *Werner March (*1894 – †1976)* erbaut. Aus der Nähe sehen wir, wie der 77,17 Meter hohe Turm aus der Langemarckhalle emporwächst. In einer offiziellen Publikation schrieb Werner March 1936 über das Ehrenmal: „Im Mittelgeschoß des Walls erhebt sich als feierlicher, von 12 kräftigen Pfeilern gegliederter Raum, die hohe Langemarckhalle, die über die Olympischen Spiele hinaus den Turm zum Wahrzeichen einer nationalen Gedenkstätte macht und dem Reichssportfeld geistig seinen kostbarsten Inhalt schenkt (...) Der Schmuck ist von großer, symbolhafter Einfachheit." Das Ehrenmal ist den *Helden von Langemarck* gewidmet. Damit hatte es folgende Bewandtnis: bei der Schlacht im belgischen Langemark im November 1914 hatten die befehlsführenden deutsche Offiziere in immer neuen Anläufen den Sturm auf alliierte Maschinengewehrstellungen befohlen. Ohne Deckung griffen unterm Absingen des Deutschlandlieds die überwiegenden aus Studenten zusammengesetzten Infanteristen an, und wurden zu Tausenden niedergemäht. Verluste durch *friendly fire* der deutschen Artillerie taten ein Übriges. Der deutsche Vormarsch ging endgültig in einen Stellungskrieg über. Umso monumentaler fiel die nachträgliche Heroisierung der Opfer aus. In Anlehnung an den Namen Bismarck wurde »Langemark« in *Langemarck* verpreußt. So gingen im Olympiagelände sportlicher Wettbewerb und kriegerischer Opfertod ihre Verbindung ein. Hier vor dem Marathontor steht *Joseph Wackerles (*1880 – †1959) Rosseführer vor dem Marathontor* nach dem Vorbild der römischen Rossebändiger von Monte Cavallo auf dem Quirinal. *Willy Mellers (*1887 – †1974) Siegesgöttin (Deutsche Nike)* im Übergang zu den Übungsanlagen des Reichssportfeldes scheint gleichsam aus dem unbearbeiteten Fels herauszuwachsen. Die Wirkung der Plastiken rund um das Stadion ist auf Fernsicht berechnet, aus der Nähe wirken die Figuren unfertig und einigermaßen roh. Wenden wir uns *Arno Brekers (*1900 – †1991)* Bronze *Zehnkämpfer*, dem Inbegriff der Schönheit des nordischen Mannes zu, und der *Siegerin* in der Säulenhalle der Sportakademie. Mit ihnen hat Breker, der bedeutendste deutsche Bildhauer der Gegenwart, beim Plastik-Wettbewerb der Olympischen Kunstausstellung die Silbermedaille des Internationalen Olympischen Komitees errungen; das Gold ging aus politischen Rücksichten an Mussolinis Italien. Die durch die beiden Stauten verkörperte, formgewordene Weltanschauung ist als richtungsweisend für den neuen deutschen Stil in dessen Kampf gegen die Verfallserscheinungen in Kunst und Gesellschaft proklamiert worden. Schließlich nordöstlich des Schwimmstadions hat *Josef Thorak (*1889 – †1952)*, in Kollegenkreisen mit dem Spitznamen der Thorax-Thorak bedacht, den *Faustkämpfer* beigesteuert, für welchen der Nachbar Thoraks Max Schmeling im vornehmen Bad Saarow, Modell gestanden hat. Da sehen wir mit anderen Worten den aufgeblasenen Brustkorb Max Schmelings; die Bronze wurde anschließend auf 3,75 Meter Höhe vergrößert.

*Davor also stand oder steht Trude Steckel (*1918-†2008) zurückgebogenen Hauptes, schmächtig und blond und rasiert, im Sportdress – steht und weiß gar nichts.*

An der 4,5 Tonnen schweren olympische Glocke prangt die Aufschrift: *Ich rufe die Jugend der Welt – Olympische Spiele 1936.* Das Massiv des mitten durch die Langemarckhalle stoßenden olympischen Glockenturms trägt auf zehn Stahlschildern die Namen der 1914 am Kampf beteiligten Divisionen. 1960-62 wurde unter der wiederaufgenommenen Leitung von Werner March die von den Alliierten gesprengte Anlage neu errichtet. Im Fußboden, von einer Stahlplatte mit dem Langemarckkreuz bedeckt, liegt eingefasst hierher überführte Erde aus dem Friedhof von Langemark. Eine der Schmalseiten des Turmblocks trägt in hohen Steinlettern den Wahlspruch:

Lebe droben, o Vaterland
Und zähle nicht die Toten! Dir ist,
Liebes! nicht Einer zu viel gefallen.
(Friedrich Hölderlin)

12

Das klassizistische Hauptquartier der Sicherheitspolizei und des Sicherheitsdienstes, das Prinz-Albrecht-Palais gegenüber der Einmündung der Kochstraße in die Wilhelmstraße, 1830 durch Prinz Albrecht von Preußen erworben, für den es anschließend Karl Friedrich Schinkel umgestaltet hat. Mittlerweile haben sich die verspielt ausgeschmückten Gesellschaftsräume und Salons in Büros der Polizeidienste verwandelt. Der Beamte im Rang eines Hauptsturmführers blättert wiederholt die Akte durch. Früher war er Hilfsbuchhalter in einer Kugellagerfabrik gewesen, ihm wurde wegen versuchter Unterschlagung gekündigt, dabei hatte er lediglich die Unterlagen mitgenommen, um sie daheim mit Unterstützung seiner Frau fertigzustellen. Der Bewegungsdrang der Delinquentin hat sich vorläufig beruhigt. Der Hauptsturmführer drapiert sich die Haare über die Glatze und wischt sich die Nase mit dem Handrücken ab. „Wo war das noch mal... wo haben Sie den Untersuchungsbericht hingetan? Alles durcheinander hier. Vorname Trude, ja? Diese Magdeburger können noch nicht mal die Unterlagen vernünftig ordnen! Wie lange waren Sie dort?"

„Wo? Ach so – drei Tage. Oder zwei... drei?" So lange werden die Predigten des ausgemergelten Kommunisten und die Harmonika des Zigeuners in Anspruch genommen haben.

„Also wie denn nun?" Der Beamte hebt den Kopf und sieht zur Tür, in der seit einer Weile der Reichskriminaldirektor Heinrich Müller steht. „Heil Hitler!" Der Buchhalter schnellt hoch, im Stehen überragt er Müllers Stoppelfrisur um einen halben Kopf, und ist zudem um ein

Drittel breiter. Breites Kreuz: steht für Zuverlässigkeit.

„Was haben´s da, Pfannkuche?" GestapoMüller macht es sich auf dem angewärmten Platz bequem, wendet die durcheinander geratenen Blätter, schnalzt mit der Zunge als er die Nacktphotos von Trude entdeckt, holt eine Zigarre hervor und sucht die Jackentaschen nach Streichhölzern ab.

„Hier... Herr Reichskriminaldirektor...", wuselt ihm Pfannkuche, der kein Feuer parat hat, dazwischen, „der Bericht des leitenden Polizeiarztes von Magdeburg vom zweiundzwanzigsten..."

„Leitender Polizeiarzt von Magdeburg. Leitender, bittesehr, sowas haben die dort auch, steht hier drin", wehrt Müller nachlässig die Griffel des Untergebenen ab. Biedere Pflichterfüllung, sicher. Wir sind hier nicht in der Kneipe, jetzt gerade nicht. „Also, dann wollmer mal: Name, Vorname?" Müller greift sich die Kennkarte vulgo den Leichtathletikausweis, wischt mit dem Handballen drüber und hält ihn zwischen Daumen und Mittelfinger gegen das Licht wie eine zweifelhafte Banknote. „Name? Vorname?", schaut, da keinerlei Antwort zu vernehmen ist, hoch und betrachtet aus stechend braunen, von zuckenden Lidern halb verdeckten Augen die bekleidete Trude im Original.

„Trude."

„„Genau! So ist´s recht, für den Anfang. Trude. Sagens mal, ist das alles?", mahnt Müller mit väterlich bayrischem Einschlag. „Weitere Vornamen, Taufnamen und so weiter? Trude, so – da! Geboren wann und wo und wie?"

„Bremen."

„Steht aber Erichshof hier in den Unterlagen", meldet Pfannkuche dazwischen.

„Doch doch, meinte ich ja – Erichshof. Kreis Syke", korrigiert sich die Prüflingin. „Aber..."

„Aber was? Aber wie?"

„Aber... das hat man mich schon in Magdeburg alles abgefragt..."

„Magdeburg ist Magdeburg. Das war mal. Gegenwärtiger Aufenthalt? Bitte?" GestapoMüller lehnt sich zurück und bläst den Rauch in Pfannkuches Richtung, gleichsam um diesem die Kunst des Verhörens vorzuführen. „Woher kommen´s?"

Zum gegenwärtigen Aufenthaltsort ist Steckel in Handschellen mit der grünen Minna geliefert worden. Das Treiben auf dem Abschnitt der Friedrichstraße, all die Geschäfte hat sie durch einen Kratzer im Mattglas erhaschen können – einen Spalt der Normalität da draußen, zu der sie seit neuestem nicht mehr gehört. „VfB Komet Bremen. Nein.. entschuldigung – eM Bee. Sportvereinigung Martin Brinkmann AG. Bremen. Seit 1937." Brinkmann ja, die Zigarrenfabrik...

„Beruf? Was machen's?"

„Ich bin Europameisterin..."

„Hier ist die Medaille, wenn ich dazu anmerken darf...", zieht der Hauptsturmführer das glitzernde Metall unter den Aktphotos hervor und pendelt damit über der Tischplatte. „Und hier der Bericht des Leitenden Polizeiarztes... in Betreff auf die Photographien..."

„Nach Aktenlage Handlungsgehilfin bei Brinkmann, Tabakfabrik... Ist das wirklich gesund für Sportler, in der Tabakfabrik, das Milieu?" Müller lehnt sich noch weiter zurück und grinst zum pflichtschuldig sich vorbeugenden Buchhalter. „Sie sind doch ein Mann, mehr oder weniger... da haben wir´s! Wissen´s nicht was der Spitzensport fürs Reich und namentlich für den Führer bedeutet? Auch der Frauensport, ohne Frage! Sie waren doch bei den Olympischen Spielen mit von der Partie!" Steckel schaut hypnotisiert dem Medaillen-Pendel zu. „Entweder ham wir da Härte und Aufmarsch, verstehen´s?, oder halt Harmonie und so Geraffel, halt die weiblichen und kindlichen Tummelspiele und Tanz. Entweder männlich oder weiblich, da gibt´s kein Durcheinander und kein Vertun!"

Steckel schnappt nach der Goldmedaille – und verfehlt sie.

„Ich bin Arier. Arierin."

Ist das ´ne Maloche! Müller drückt die Zigarre aus und spricht langsam und artikuliert das vorläufige Schlusswort: „Ariernachweis genügt für die Aufnahme in den BDM nicht!" Und wischt mit der Linken den Gestapobuchhalter zwei Schritt beiseite. „Die Untergauleiterin vom Bezirk Nordsee werden wir uns wohl auch vorknöpfen müssen. Übrigens sind´s homosexuell?"

„Wie mei... meinen Sie das?"

„Wie ich das sage! Und Transvestit. Sie wissen, was das für Sie bedeuten würde! Homosexuell wie warmer Bruder, du meine Güte! Als Homosexueller dürften Sie sich unter Umständen einem kleinen medizinischen Eingriff unterziehen... und dafür wäre die Angelegenheit erledigt, verstehen´s?

Steckel hält die Medaille fest: „Hier, der Nachweis, dass ich Frau bin... ich heiß nur Trude Trude Trude!"

„Wissen Sie nicht, was der Sport fürs Reich und besonders für den Führer bedeutet?", wiederholt der Dozierende mehr zu seinem Untergebenen als zu Steckel selbst, nebenher ist auch ihm selbst Einiges klarer geworden: „Warum haben´s sich im Zug nicht besser... zurechtgemacht? Haben es extra darauf abgezielt, um leichter aufzufliegen? Mädel, du kannst nicht das ganze Jahr hindurch Europameisterin sein", lächelt Müller siegesgewiss. **Ja, der war gut.**

13

Sömmering ist guter Laune

Vorwärts! Vorwärts!
schmettern die hellen Fanfaaaren.
Vorwärts! Vorwärts!
Jugend kennt keine Gefaa-haren.
Deutschland, du wirst leuchtend stehn,
mögen wir auch untergehn.

So ungefähr wie wenn es einen Stimmbruch des Pfeifens gäbe, könnte man seine launige Diskant-Begleitung des Motor- und Räderratterns bezeichnen. An der Prinz-Albrecht-Straße hat er bei weitem noch nicht gepfiffen, in Berlin-Wedding auch nicht, erst beim Verlassen des Stadtgebiets auf der Ruppiner Chaussee ging das los, wo die Stadtlandschaft sich weitet und verflüchtigt... Sömmering ist guter Laune.

Unsre Fahne flattert uns voran.
In die Zukunft ziehn wir Mann für Mann...
Ich bin von Kopf bis Fuß auf Lie-hiebe eingestellt

das ergibt als Gesamtkomposition bemerkenswerte Zwitterverse, zumal deren letzterer Teil vom Juden Hollaender in die Welt gesetzt worden ist. Offensichtlich bemerkt Sömmering die Brüche nicht. Pfeifen geht ja ohne Text, den Text kennt freilich selbst der Parkinsoniker auf dem Rücksitz. Autofahren ist Sömmerings Leidenschaft, bevor er Kriminalsekretär wurde, ist er Fahrer und Gelegenheitsmechaniker gewesen. Daheim in Genthin hat er einen Opel in der umgestalteten Scheune stehen, den er samstags wienert und jeden Ersten des Monats ratenweise abstottert. Was sicherlich einfacher wird im Zuge der absehbaren Beförderung nach Berlin. Die beiden Passagiere stecken im Fond des Wagens. Selbst die halbwegs erträgliche Polsterung der Sitze wächst sich heute zu einer erweckenden Erfahrung aus. Gegen seinen Tremor ankämpfend, drückt der Parkinsonkranke die Nase ans Fenster. Der dunkelblaue Opel Olympia vor ihnen biegt scharf nach links ab, beinah hätte der Fahrer die Abzweigung verpasst. „Pass bloß auf, du Armleuchter!", unterbricht Sömmering sein Gepfeife. „Habt ihr gesehen? fast wär ich ihm reingefahren! Berlin, Berlin! Heut Abend sind wir voraussichtlich wieder da. Nicht alle, der Irre natürlich nicht..."

Der Parkinsoniker gibt einen Laut von sich: „Ich... nöö..."

Männer umschwirrn mich wie Motten um das Licht... und wenn sie verbrennen, ja dafür kann ich... sozusagen. „Schon gut. Irrer bleibt Irrer, da hilft nix. Fahren zwei Abartige, ein Ballaballa und ein leichtes... eine Leichtathletin in einem Wagen, eine Transvestitin, und eine sagt dabei... Einer. Wo wir in Magdeburg sonst so gar nicht Karneval feiern. Ich bin meinerzeit auch Leichtathlet gewesen, habe daheim meinen Pokal stehen als zweiter Sieger bei den Polizeimeisterschaften Magdeburg. Auch nicht übel, oder? Macht mir ziemlich den Anschein, dass man mich hier »für spezielle Aufgaben« behält. Oder was meinst du?“ Auf Liehiebe eingestellt. Pfeifend überholt er in der nächsten Rechtskurve einen Lastwagen, der Parkinsoniker klammert sich an die Tür die zum Glück nicht aufgeht. „Mit der Frauenwelt in Berlin läuft das... Berlin ist schon was anderes als Machdeburch. Versteht ihr, ihr Tunten da hinten?“

***

Keine halbe Stunde später kehren sie wohlbehalten im Hof der psychiatrischen Landesanstalt ein. „So, da wär´n wir.“ Sömmering steigt aus, der Parkinsoniker klammert sich an seinen Türgriff, der Wagenschlag öffnet sich, der Kranke hängt halb hinaus. Sömmering holt Trudes requiriertes Damenkostüm aus dem Kofferraum und hält es ihr hin: „Los, darfst dich wieder verkleiden! Komm, wenigstens den Rock!“ Zwei Anstaltsinsassen nähern sich ohne übertriebene Neugierde, das Willkommenskomitee. „Ist nur aus Gründen der Beweissicherung. Brauchst dich nicht anstellen, vor den Leuten. Früher hast dich auch nicht geniert... Die Dödel da kapieren sowieso nichts.“ Steckel zögert. Das altbekannte Kostüm einschließlich Pumps ist irgendwie klamm und zerknittert ausgefallen. „Zerstreut euch! Weitergehen! Bisschen Abstand halten hier!“, bellt der Kriminalsekretär gutmütig die beiden Gestalten in die Flucht. Trude zieht den Rock über die Hose. „Gut, Rock an, Hose aus. Zur Untersuchung. Muss alles stimmen, wie es sich gehört“, kommentiert Sömmering, ohne den wackelnden Parkinsoniker aus den Augen zu lassen. Sömmering schiebt Trude mit dem Fuß den zweiten Pumps zu, holt Handschellen aus dem Handschuhfach und kettet die Athletin an den Vordersitz „Wir gehen dann mal. Schön brav sitzen bleiben, bis ich zurück bin!" Zieht den Parkinsoniker aus dem Fonds und führt ihn im Schneckentempo ab. An den offenen Wagenschlag schleichen erneut die beiden verscheuchten Patienten heran, Mann und Frau, gelbgesichtig mit fiebrig glänzenden Augen. Sich lieber vor ihnen verbergen oder zurückstarren? Als würde man an ihnen ein Fitzel vom eigenen Schicksal erkennen.

Der SS-Hauptsturmführer und Kriminalsekretär führt seinen trippelnden Schützling über den Flur. Aus den Zimmern blicken ihnen auf den verschmutzten Betten sitzende Katatoniker, Kleinkriminelle, Kachektiker, Paralytiker, Hydrocephaliker, zwei davon liegen auf dem Boden im eigenen Kot, das Ganze sieht weniger nach Behandlung als nach Sonderbehandlung aus. Dem Parkinsoniker wird die Strecke zu weit, er krallt sich an einem Türblatt fest. Drinnen im Zimmer sieht ihm der Zigeuner aus der Gefängniszelle von Magdeburg entgegen, die kleine Mundharmonika zwischen den paar verbliebenen Zähnen, Blumenkohlohren, die Nase nun als eine Art Boxernase nach links verschoben, nur die Lackschühchen stecken noch unverändert an den Füßen. Im Gegenlicht greift er nach dem Fensterknauf und äfft aus Langeweile den Parkinsoniker nach, die Mundharmonika gibt ein paar Töne von sich. Eine Krankenschwester hastet vom Stationszimmer auf das Besucherpaar zu, Sömmering übergibt ihr militärisch grüßend die Papiere und mit ihnen den Parkinsoniker, sie löst dessen Griff behutsam von der Tür und wischt sorgsam mit der Handfläche übers Holz. Wieder auf dem Hof, bürstet der Kriminalsekretär seine Kleidung ab. „Schon umgezogen? Steht dir auch viel besser so." Die angekettete Trude rührt sich kaum, vielleicht ist sie zur Figurine erstarrt, vielleicht ist sie auch nur tot. Sömmering nimmt Steckels Anstaltskleidung von der Motorhaube und wirft sie auf den Rücksitz, macht die Fesseln vom Sitz los, belässt sie aber dem Gefangenen an den Handgelenken.

***

Im Norden der Grafschaft Ruppin, hart an der mecklenburgischen Grenze, zieht sich von dem Städtchen Gransee bis nach Rheinsberg und darüber hinaus eine Seenkette durch eine menschenarme, nur hie und da mit ein paar alten Dörfern, sonst aber ausschließlich mit Förstereien, Glas- und Teeröfen besetzte Waldung. Die Bäume zumeist Buchen und Kiefern, hie und da schimmert im Hintergrund als Streifen das Wasser durch, worein man vom flachen Ufer steigen könnte…

Blonde Haare, dunkelblaue Augen...
Mein blondes Baby, vergiss mich nicht,

Wer tät denn weinen
wenn man auseinander geht...

pfeift Sömmering schon gedämpfter vor sich hin... sieht in einer Kurve statt zu lenken zu seinem Mündel, die sportliche Herausforderung gewinnt nachgerade die Oberhand. Einzelne dieser Ortschaften sind von hugenottischen Kolonisten besiedelt worden, die vom Landesherren berufen waren, ihre Loire-Heimat an dieser Stelle zu vergessen. Harte Aufgabe das.

...wenn an der nächsten Ecke
schon ein andrer steht...

…aber reinweg vergnügt kommen die Töne nicht von den unzerschlagenen Lippen, die judobolschewistischen Lieder von einem Emigranten, komponiert für eine nach Hollywood desertierte femme fatale, die nötige Bewusstheit dafür wird Sömmering noch entwickeln müssen. Etwas Vergrübeltes hat sich da eingeschlichen in seine Pfeiferei.

Steckel schaukelt in Handschellen auf dem Beifahrersitz. Draußen passiert die dünenartige Landschaft, dann die Wiesen und Wälder. In Menz begrüßt einen die Feldsteinkirche aus dem 13. Jahrhundert (vollendet erst im 16.), in der Dorfmitte die alte Oberförsterei, typisches Angerdorf, ein Rasenplatz in der Mitte, die Schule, das Schulzenamt, der Krug der zugleich ein Eck- und Kramladen ist mit einem kleinen Mohren und einer Girlande von Schwefelfäden im Schaufenster. Die paar Bauern der deutsch-wendischen Mischung wirken nicht unbedingt wie südländische Rassegesichter. Vorhin auf dem Klinikgelände jedoch, was für ein Menschenschlag wird das gewesen sein? Sömmering gibt sich einen Ruck. Vor dem Pfarrhaus stehen mit gefüllten Einkaufstaschen zwei junge Frauen, bedeutend weniger verloren als die Gestalten vor der Psychiatrie. Weiter geht´s in Richtung Fürstenberg, auf Neuglobsow und dann die Reichsstraße 96 zu.

Am Waldrand hält Sömmering an: „Ich muss dann mal. Das schlägt schließlich auf die Blase, was man so alles zu sehen kriegt. Schön brav sitzen bleiben, ja? So wie du´s im Zug gelernt hast. Verstanden!?" Er stellt den Motor ab und verschwindet hinter einen Baum.

Du schaust ihm hinterher. Die Vögel zwitschern, ein Specht trommelt, jählings fliegt ein Habicht mit seinem scharfen gik gik gik über die Straße und bringt alles zum Verstummen. Freier Himmel. Wieder einmal warten, wie du´s in Jörns Dienstzimmer beim Ausblick auf den Flur, danach im Zug nach Berlin eingeübt hast. Du schaust zu deinen Händen mit den Handschellen hinab, darüber die Unterarme mit den dünnblonden Härchen... Hebst das rechte Bein an und setzt sinnend den beschuhten Fuß durch die offene Beifahrertür aufs Trittbrett. So hoch sind die Absätze nicht. Schiebst den zweiten Schuh hinterher über den Rand – und läufst nach links in die entgegengesetzte Richtung über die Straße los, nach Norden in den Wald hinein. Der Geruch der Ameisenhaufen lädt dich ein, der kostbaren Buchen- und Eichenrinde, elastischen Athletinnenschrittes läufst du in Socken weiter, die Arme vorm Körper gehalten. Querst einen Weg, nein, auf Wegen magst du nicht laufen, daran, dass du in einen leichten Trab verfallen bist, erinnert dich die Kette zwischen den Handschellen, die Jacke immerhin aufgeknöpft... und die Naht des Kleids, bis zum Bund eingerissen. Überspringst einen achtlos liegenden Stamm, trittst in den nächsten Ameisenhaufen und schlägst dich bücklings durchs Gebüsch.

Orientierungslauf. Beim Orientierungslauf werden Kontrollposten im Gelände in vorgegebener Reihenfolge angelaufen. Hilfsmittel ist eine detailgenaue Karte mit Darstellung von Felsen, Hochsitzen, Futterkrippen, Grenzsteinen, Dickicht und Geländeformationen wie Mulden und Bergrücken. Damit können die Läufer mit zusätzlicher Hilfe eines Kompasses den Weg von einem Posten zum anderen finden. Man legt den Kompass auf die Karte und dreht sich solange, bis die Kompassnadel parallel zu den Nordlinien zeigt. Bei einem Klassik-OL sind die Startabstände der Läufer gleicher Klassen etwa 2-7 Minuten, damit ein Läufer sich nicht an einen anderen Läufer hängen kann.

Als gänzlich anderer Läufertyp trottet Sömmering kurzschrittig durch den Wald, Mittelfußlauf, statt federnd schiebt er sich flach vorwärts, mit rotem Schädel unter dunkelblonden Haarwurzeln. Er pfeift nun nicht mehr – höchstens pfeift es aus ihm, aus den Bronchien.... Den Hosenstall hat er nicht zugeknöpft, Schweißflecken treten unter den Achseln der Jacke zutage, die er keineswegs abgeworfen hat, das täte er nur im äußersten Notfall, der mit Verlaub noch nicht eingetreten ist.

Auf Umwegen kommst du nach drei-vier Kilometern ans Seeufer. Erst einmal schimmert es durch die Bäume, dazu gurgelt das Wasser im Röhricht und in den Kronen geht der Wind. Alles Klage. Der moorige Geruch weht dich an. Zwischen niedrigen Ufern erstreckt sich eine rundum von alten Buchen eingefasste Wasserfläche. Der See liegt vor dir in schmerzlicher Glätte, hie und da wächst ein Weniges von Schilf und Binsen hervor, der Moorfrosch, der einfach nur quak oder eher uog... uog...uog meldet, ähnlich dem Blubbern entweichender Luft aus einer untergetauchten Flasche – ist er verstummt oder gar nicht da gewesen? Ein wachsendes Bangen kommt über dich, bis plötzlich das Klappern der Mühle wieder anhebt und der schrille Ton der Säge den Mittagszauber zerreißt. Das ist Stechlin, der See. Die beiden Pumps liegen am Anfang von eurem Parcours unweit des Dienstwagens und geben mit dem Laub drüber und dazwischen ein malerisches Stillleben ab. Ameisen bahnen sich einen Pfad dorthin, die allererste Siegerin setzt aufgeregt Duftstoffe ab, unterwegs zum Ameisenhaufen legt sie die Antennen an diejenigen der entgegenkommenden Nachfolgerinnen, klettert über sie hinweg um weiter die Nachricht zu verbreiten... Bewegen werden sie deine Schuhe nicht können.

Sömmering schiebt sich, mit der Dienstpistole wedelnd vorwärts wie eine Planierraupe. Wichtig ist, nicht von vornherein auf Reserve zu laufen und vor allem die Gegner auch beim Überholen im Ungewissen lassen, was man an Reserve noch in petto hat. Un-ter-bin-den muss er den Ausbruchsversuch, unbedacht war diese seine Zuvorkommenheit, verdammt verflucht, dröhnt es ihm in den Schläfen, verfluchte Scheiße was ist mir in die Blase gefahren... wie eine Dampflok dröhnt es vor sich hin sch schchch... warum tuu ich miir das an... sch schsch warum tuu ich mir das an...

Wieder in den Wald eingetaucht, Vorfußlauf, Ballenlauf, und am Ziel ist es damit nicht zu Ende, wiewohl dich die Zuschauer jubelnd empfangen, weil du weiter musst, bevor du wieder zu Atem kommst, würde bequem noch zehn Kilometer weiterlaufen wenn es sein müsste, um mich, wenn ich falle und das Kleid ganz aufreißt, wieder aufzuheben... Ich bin ein Schaf, galoppierendes Rennschaf, in gleichmäßigem Takt auf weißen Strümpfen die an den Fußballen welche ja keine Hufe sind und mittlerweile als Löcher durchscheinen, mehr ein Fischernetz aus Löchern denn Strümpfe. Und ich laufe auf Löchern.

Später wird Sömmering die Pumps einsammeln.

Alle Puppen müssen tanzen, alle Büchsen rühren sich. Ein Hund bellt in der Nähe – hat man schon Hunde auf mich angesetzt? Ich halte hinter einem Baum. Es läuft sich von einem Baumstamm zum anderen grad wie bei dem Kinderspiel. Hie und da sind die Stämme mit Kalkfarbe markiert, von der Försterei zum Fällen freigegeben. Ein älterer Wanderer – da ist er um die Ecke gebogen, ruft seinen böhmischen Rauhbart zu sich, wohl ist es der Försterhund? Eine ungeheure Erleichterung, nach Wochen der Zellenmaße wieder frei durchtreten zu können. Das Kleid hat end-

gültig gelitten. Nach und nach reiben die Handschellen die Handgelenke wund.

Was die Physis des Hauptsturmführers Sömmering betrifft: Größe 179 Zentimeter, Gewicht 84 Kilogramm, Schrittlänge fünfundvierzig Zentimeter, beste Ergebnisse über 3 Kilometer 13 Minuten 11 Sekunden, über 1500 Meter 5 Minuten 56 Sekunden. Blutdruck gegenwärtig 190/105 mmHg. Sogenannter subklinischer Diabetes, der sich per definitionem noch nicht manifestiert hat. Soweit sonst angesichts der Belastung im Normbereich, bis auf die Röte im Gesicht nach Biergenuss oder sonstiger Beanspruchung.

Neuglobsow. Das Alle-Büchsenspiel ist nicht mehr vonnöten. Trude schlüpft durchs Gebüsch am Waldrand hervor und will quasi normal weitergehen, die Schindeldächer des Dorfes sind zwischen den Zweigen erkennbar... da kommt von der anderen Seite der erhitzte Sömmering und schnappt zu. Eine Weile stehen beide einig schnaufend zusammen. In der Krone der deutschen Eiche ist eine Bewegung zu vernehmen. Ein Eichelhäher? Springt vom Zweig zu Zweig und ahmt dabei den Gesang einer Amsel nach... wechselt dann hintertückisch in Spechtlaute prrüüü prrüü prüüü... Der Habicht ist vorbeigezogen. Sömmering, obwohl er kaum zu sprechen vermag: „Ich war immerhin zweiter Sieger bei den Polizeimeisterschaften." Vom Landkreis Magdeburg, sozusagen.

Sömmering und Steckel fahren weiter. Ob der Verspätung nicht übermäßig beunruhigt, schaut Sömmering sich im Rückspiegel an, streicht sich die Haare zurecht, misst den eigenen Puls. „War schon eine ganz ordentliche Strecke, nicht? Na, so schlecht bin ich noch nicht. Du aber auch nicht. Ich hab´s aber gesagt gehabt: schön brav sitzen bleiben!" Weiter geht es an Fürstenberg vorbei, an dem Gelände wo ab Dezember 1938 das Frauen-KZ Ravensbrück eingerichtet werden wird. Sömmering, der davon nichts ahnt, pfeift nicht.

14

Heilanstalten

Zu zweit kommen sie auf dem Gelände der Heilanstalten Hohenlychen an. Achtzig Kilometer nördlich von Berlin hat Prof. Dr. Gotthold Pannwitz im Jahre 1902 eine Kinderheilstätte gegründet, der sich in der Folgezeit weitere Anbauten und Kliniken anschlossen, darunter das historistische Kaiserin-Augusta-Sanatorium, das 1911 sogar der Namensgeberin in eigener Person zum Aufenthalt diente. Seit den dreißiger Jahren kam ein von den Nomenklaturkadern bis hin zu Himmler, Hess und Hitler besuchtes Sportsanatorium hinzu. Auch Hans von Tschammer und Osten weilte hier 1936 zur Kur.

Zwei gelangweilte Fußballer der Nationalmannschaft drücken ihre Kippen am Stamm der Jahrhundertlinde aus und humpeln auf Trude zu. Zwei Jahre zuvor haben alle drei demselben Olympia-Team angehört. Der Kriminalsekretär putzt sich die Schuhspitzen an den Hosenwaden ab und wischt nochmal die Schuhe mit dem Taschentuch nach. Im Garten ergehen sich zwei SS-Brigadenführer und SS-Standartenführer im Krankenhaus-Zivil; aus den Morgenmänteln ragen dünne behaarte Beine.

Die an einer Seite abgeschnittene Ellipse des Treppenhauses stellt ein gelungenes Exempel gründerzeitlicher Innenarchitektur dar, heutzutage wäre es ein Bau für sich. Sömmering knöpft sich im Hinaufsteigen die Jacke zu, wischt sich die Blattreste von der Brusttasche ab... die Schweißflecken lassen sich allerdings nicht entfernen ohne Beschädigung des Stoffes. Vom Zwischengeschoss aus bietet sich dem Besucher Einblick durch das angeschrägte Glasdach in die Schwimmhalle, das zweite bauliche Prunkstück des Ensembles. Auf dem Flur des ersten Stockwerks laufen unsere Neuankömmlinge dem Dr. Stumpfegger in die Arme, gerade 28 Jahre alt und seit einem Jahr Assistenzarzt auf der Station. „Herr Doktor, Kriminalsekretär Sömmering, wir kommen zu Professor Dr. Gebhardt..." schlägt Sömmering die Hacken zusammen.

„Stimmt, Sie sind die vom Sicherheitshauptquartier, nicht? Wir haben eben im Büro von Reichsamtsleiter Müller angerufen, haben uns nämlich langsam gefragt, wie weit das von Berlin bis hierher auf einmal ist... Und schon sind Sie da! Fräulein Steckel, so – da!“ Im Stationszimmer zieht eine Blondine, mit Häubchen wie es sich gehört, eine Spritze mit gelblicher Flüssigkeit auf. „Luise, ist das Untersuchungszimmer frei?“

„Doktor! Sie müssen noch dem Standartenführer Steinberg die Vitamine verabreichen! Jetzt gleich!“

Stumpfegger zuckt die Achseln und setzt mit den Besuchern im Schlepptau seinen Weg zum Untersuchungszimmer fort. Neben seiner Funktion als Arztzimmer dient der Raum als Assistentenumkleide und Abstellkammer für ungenutzte Gerätschaften. Der Kriminalsekretär überreicht zackig den Umschlag mit den Unterlagen der Delinquentin, Dr. Stumpfegger setzt sich auf die Schreibtischkante und weist lesend Sömmering einen Hocker neben einer Leiter zu. „Tja, Berlin kann verdammt weit entfernt liegen, nicht? Spaß beiseite. Soso, wie heißen wir denn?“, betrachtet sich der Arzt freundlich sein neues Untersuchungsobjekt. „Name?“

„Ich? Steckel. Trude Steckel.“

Sömmering drückt sich hinten auf seinem Eckplatz herum. Das Waschbecken stößt ihn ins Kreuz, er kratzt mit den Fingern der Linken einen Seifenrest vom Warmwasserhahn ab, vor allem aber hält er sich sprungbereit für dich als seinen durch die Jagd kostbarer gewordenen Schützling.

„Seeehr gut! Beruf?“

„Industriekauffrau. In der Tabakfabrik. Brinkmann.“

„Also wie denn nun?“

„Antworte dem Doktor mit einem Satz“, souffliert Sömmering.

„Tabakarbeiterin bei Brinkmann in Bremen. Das heißt, gelegentlich auch Kellnerin, an Wochenenden und so...“

„Sehrrr gut“, nickt Dr. Stumpfegger, zufrieden dass du mehrere

Berufe auf einmal aufzuzählen vermagst. „So da, Fräulein Steckel, und die Eltern?

„Johann Heinrich Steckel, geboren 4. September 1885 in Erichshof, Gastwirt. Gesine Elise geborene Schierenbeck, Hausfrau und Schenkwirtin…"

„Nein, ich meinte, Vorerkrankungen in der Familie, wie Krebs Herzinfarkt Tbc Geschlechtskrankheiten. Angeborener Schwachsinn. Gab es unter den Geschwistern ähnliche Veranlagung wie bei Ihnen? Die Dinger an den Handgelenken können Sie dem da abnehmen, hier läuft ja keiner weg, im Gegenteil, hier laufen sie alle her", wendet der Doktor sich zu Sömmering, der sogleich in die Senkrechte schnellt und eine Schrecksekunde lang im Futter der Jackentasche nach den Schlüsseln fischt, um dann mit einer stotternden Drehung die Handschellen aufzuschließen.

Du betrachtest dir die Handgelenke. Sie gehören dir nicht, taub das Gefühl in den Fingern: „Mein Vater hatte vor acht Jahren einen Herzinfarkt, noch in Seckenhausen am Bahnhof. Bevor wir nach Bremen gezogen sind."

„Da schau mal her! Herzinfarkt. Aber Frauenkleider hat er keine dabei angehabt, oder so? Als es ihn erwischt hat? So – da, Fräulein Steckel, jetzt machen wir uns mal frei, alles, nicht zu vergessen die Socken", breitet der Arzt das Aufnahmeformular auf dem Tisch aus und macht sich ans Ausfüllen: „Konstitution: athletisch, ja, kann man sagen. Kopf und Rumpf orientierend unauffällig. Gang: sicher." Sein bayrischer Dialekt ist hier nicht unbedingt als Makel anzusehen, allein schon wenn man die Hauptstadt der Bewegung bedenkt. Er schaut hoch und stellt fest, dass du Unterhemd und Unterhose anbehalten hast. Sömmering der im Hintergrund deine Klamotten über den Arm geworfen hält, wischt sich mit der freien Hand den Schweiß ab und reicht die Tropfen an den Fingerspitzen in den Abfluss. „Na gut. Jetzt stellen wir uns mal auf die Waage hier, tut nicht weh." Der Arzt zieht die Messlatte aus. „Größe 175 cm, Gewicht 61 kg." Schaut dir in die

Augen, zieht deine Unterlider herunter: „Sprache: deutlich. Bindehäute klar, Pupillen unauffällig. Tonuserhöhung im Gesicht. Denkablauf: verlangsamt, nicht wahr! Befinden: fröstelnd." Er nimmt das aufgeschundene Handgelenk, holt mit der Linken eine Zwiebeluhr aus der Tasche: „Puls 52. Sportlich sportlich! Tabakfabrik Brinkmann war das, hehe, nicht? Die Fingernägel sind aber gar nicht gelb: raucht wohl selber nicht. Schon interessant, die Abschürfungen. Sie da – wie hießen Sie noch... Sommernick? Sie brauchen es künftig nicht zu übertreiben mit den Handschellen bei dem Subjekt. Von mir aus können Sie draußen warten. Und die Athletin grinst sich jetzt nicht... zieht stattdessen die Unterhosebuxe herunter. Was ist los? Wir haben nicht unbegrenzt Zeit. Ansonsten hat´s niemand in der Familie mit der Psyche oder so?"

„Ich als Athletin, also... außerdem – soll ich mich hier vor einem Mann..."

„Soll ich helfen? Wenn ich sozusagen einen Rat geben darf", will dir der Kriminalsekretär beispringen...

Zentimeterweise ziehst du die Unterhose herunter, streifst sie dir mit den Füßen von den Knöcheln und trittst daneben. Danach kommt das Unterhemd dran. Die Hoden sind mittels einer halben Bahn elastischen Verbands hochgebunden, mit dem Penis zusammen, wie sonst für den Sprungwettbewerb auch. Es gibt kein Weibliches im Männlichen, und umgekehrt.

„So da!" wiederholt der Arzt, streckt die Hand aus – und dann ist mit einem Griff die Verbandsklammer, im Medizinerjargon Schwiegermutter genannt, gelöst, die Geschlechtsteile befreit, die Binde sinkt aufs Linoleum. „Und jetzt gehn wir mal gradaus auf diesem Spalt im Linoleum entlang, Fräulein. Das ist die gute alte klinische Schule. Gut so! Gradaus – und jetzt wenden, und wieder zurück. Ab und auf, und auf und ab!" Während drüben der Standartenführer Steinberg in Schiesser-Unterhemd auf seine schmerzhaften Vitamine wartet, wanderst du auf dem Strich und balancierst zwischendurch mit den Armen. An ihren Früchten werdet ihr sie erkennen. Was männlich ist, kann nicht weiblich sein, und umgekehrt.

Am Leitfaden des Leibes – wie Nietzsche sagt – gelangen wir zu jener klaren menschlichen Trennung der Geschlechter, wie sie allen großen und gesunden Zeiten eigen war. Dieses Zerfallen der Menschheit in zwei Geschlechter, um das jeweilig Andere in eine bedingungslose Umarmung aufzunehmen... um dessen Fremdheit als eigener Ergänzung gerecht zu werden. Wettkampf und Aufmarsch, Eigeninitiative mit dem Annektieren fremder Biologie bestimmen das Männliche; das Weibliche wiederum zeichnet das ererbte Streben nach Grazie aus, der Hang zum Bleibenden, endlich die Neigung zu Tummelspielen und dem Tanze; darin liegt laut dem Begründer der modernen Olympischen Spiele Baron Pierre de Coubertin die unwandelbare Rolle der Frau als Gefährtin des Mannes und Mehrerin des Lebens. Wo nun genau verstecken sich in unserem Probanden Grazie und Harmonie? Ist womöglich die Schwierigkeit der Unterscheidung darin begründet, dass die deutsche Frau im Vergleich mit der Tschechin, Französin oder gar der Italienerin mehr einem Manne gleicht?

Die Tür wird aufgestoßen, Stationsschwester Luise schiebt Sömmering wie ein Stück Mobiliar näher an den Wasserhahn heran, nimmt Klistierschlauch und blechernes Gefäß vom Regal, streift mit einem Blick die ins Waschbecken abgelegte Frauenkleidung an: „Doktor, denken Sie an den Standartenführer?"

„So, Fräulein, jetzt kehren wir mal um und kommen zu mir zurück, schließen die Augen und zeigen mit dem Finger der rechten Hand auf die Nasenspitze, dann das Gleiche mit dem linken Zeigefinger." Die Augen natürlich zuhalten.

***

IST TRUDE GESUND? In welcher Hinsicht gesund? Oder ist sie eben ein aus dem Volkskörper auszuschneidender Krankheitsherd?

Der Rosseführer vor dem Marathontor, die Siegerin, der Zehnkämpfer. Der Eros des Schönen. Das Schöne als das interesseloses Wohlgefallen Hervorrufende, das eine unleugbare Allgemeingültigkeit beansprucht. Auf jeden Fall wird Symmetrie als schön empfunden und als ein Maß für die Gesundheit angesehen. In grauen Vorzeiten wohnte dem Schönen zudem der Glanz der Wahrheit inne.

***

Anhand der durchgeführten Untersuchung stellen wir eine gewisse Spaltung des Hodensacks fest, ferner eine Verwachsung des Gliedes mit der Hodensackhaut. Laut eigener Auskunft hat die Probandin glaubhafte Samenergüsse durchgemacht.

Kaum hast du zugekniffenen Auges den gekrümmten Zeigefinger an die Nasenspitze geführt, tritt der Professor herein, die Brillengläser mit dem dünnen Hornrand auf den mokant abgerundeten Wangen aufgestützt. „So da! Was schickt uns der Heydrich schon wieder?“ Mit raschem diagnostischem Blick erfasst er Sömmerings nassen Jackenärmel – auch ein Subjekt für die Untersuchung? „Ich dachte, der Reichssportführer mit dem Herrn Polizeichef schicken uns nur einen. Doch nur einen? Na meinetwegen, wenn der gute Mann da kein Patient für uns ist... meinetwegen... dann darf er aus medizinischen Gründen solange auf dem Flur warten.“

„Sie können draußen warten. Hab ich Ihnen ja gesagt!“, herrscht Stumpfegger den Hauptsturmführer an und stützt sich mit durchgestreckten Fingern beider Hände auf den bisher erhobenen Aufnahmebefund. „Hier der Proband, Herr Professor... Und Sie da – noch mal auf dem Strich! Auf und ab marschieren, auf und ab! Und jetzt umdrehen! Plötzliche Kehrtwendung nach vorherigem Gehen: unsicher.“

„Ich springe 170 cm. 100 m Sprint in 12,4 Sekunden. Wollt´ ich nur mal gesagt haben.“

„Finger-Nase-Zeigen: gezielt. Die Hoden hatte der Proband mit einer elastischen Binde hochge... steckt gehabt...“

„Hochgebunden“, korrigiert Professor Gebhardt väterlich.

„Genau. Hochgebunden. Die Hoden mit den gesamten Genitalien.“

„Hochgebunden... heraufbandagiert... Denken Sie dran, Herr Kollege: Beobachtungsgabe führt zu exakter Ausdruckweise. Ein Arzt ohne Sprache und Allgemeinbildung ist nicht weiter als ein Balbier, wie in alten Zeiten. Sie müssen auf jeden Fall Virchows Satz beherzigen: Ärzte ohne Anatomiekenntnisse sind wie Maulwürfe – sie wühlen im Dunkeln, und ihrer Arbeit Früchte sind Hügel!“ Professor Gebhardt verschränkt die Hände hinterm Rücken und wendet sich dir zu: „Name?“

„Wo genau soll ich warten, sozusagen?“, steckt Sömmering den Kopf herein.

„Egal, stellen Sie sich in die Nische gegenüber dem Spülraum und den Toiletten, da übersehen wir Sie nicht... die Klamotten von dem Subjekt lassen Sie tunlichst hier liegen!“ Professor Gebhardt fasst dich an den Hüften, legt die beiden Daumen ans Kreuzbein: „So da, jetzt wollen wir uns mal bei durchgestreckten Knien vorbeugen. Weiter, bis die Finger auf den Boden angekommen sind. Sehr schön! Name? Geburtsdatum?“

„20. November 1918.“

„Vorname? Anomalien in der Familie? Physischer Art? Vielleicht Depressionen? Hier, Herr Kollege, die beiden Iliosakralfugen entfalten sich seitengerecht, kein Hinweis für eine Blockade... wär auch nicht zu erwarten bei einem Sportler. Nur damit Sie bei der Untersuchung dran denken!“

„Jemand in der Familie hat auch Frauenkleider angezogen?“, fasst der Assistenzarzt nach. „Wie ich schon vorhin gefragt habe, als Herr Professor noch nicht da waren, stellt sich der Patient gemeinhin mit dem Namen Trude vor.“

Trude. „Ich heiße Trudchen... Trudchen!“

„So – da! Trudchen“, unterbricht dich der Professor. „Das ist Ihnen nicht aufgefallen, Herr Kollege? Trud-chen! Ein Chen! Sehr schön, Trudchen, verraten Sie uns gefällig auch Ihren Nachnamen?“

„Trudchen", wiederholst du, die rot angelaufene Stirn immer noch knapp überm Boden.

„A-ha! Gut, Herr Kollege, denken Sie an den Unterschied zwischen weiblichem und männlichem Becken, die runden foramina obturatoria, die Symphyse, der angulus pubicus, die Form der Beckenschaufeln... Da haben wir ja die beste Gesellschaft hier, ein Transvestit unter der Bewachung des schwachsinnigen Gorillas draußen auf dem Flur. Das ergibt anschaulicherweise auf engstem Raum gleich zwei unterschiedliche Stufen in der phylogenetischen Entwicklung nach Heckel, nicht?"

„Ich heiße Trudchen. Sie haben mich bei Olympia kurz mal angeschaut... Sie wissen doch, Hochsprung Frauen... Karl Franz Gerhard... Gebhardt, der Mannschaftsarzt..."

„Interessanter Casus", kneift Professor Gebhardt die Augen hinter den runden Brillengläsern zusammen, der mokante Zug verstärkt sich. „Ist das bei den Olympischen Spielen nicht aufgefallen, keine Abnormitäten nichts, Herr Doktor? Ab-norm-itä-ten? Weder in psychischer noch in physischer Hinsicht?"

„Ich... ich war beim Team noch nicht als Arzt dabei... nur als Student", blickt Stumpfegger ebenfalls wie du in den Boden... stiert deine Füße auf dem Linoleum an.

„Klar, wir sind alle Studenten sozusagen, das ganze Leben lang. Weiß ich doch, hab ich Ihnen Herren Studenten damals noch gesagt: »Augen auf, Mund zu!«, nicht? Soweit zur Beobachtungsgabe! Nichts für ungut, Herr Kollega... Ich kann mich net um alles kümmern... Machen ´s weiter! Und nicht vergessen: den Unterschied zwischen männlichem und weiblichem Becken, Sie halten mir bei der nächsten Klinikbesprechung einen viertelstündigen Vortrag darüber in bezug aufs foramen obturatum! Hier, dös da, dös ist ein Mann. Schreiben Sie einen Untersuchungsbericht über anderthalb Seiten und geben mir den bis heit Mittag zur Unterschrift." Der Professor lässt deine Hüften ungnädig los wie eine Keule am Haken, er hat gar nicht gemerkt, dass er dich noch festgehalten hat, um ein Haar fällst du vornüber hin. Professor Dr. med. Karl Franz Gebhardt spaziert hinaus zum abgestellten Sömmering und der eifrig wartenden Schwester

Luise.

***

Abb. 649a bis d

Echter Transvestitismus

Der Betreffende (64 Jahre alt, Abteilungsleiter und Einkäufer einer chemischen Fabrik) erschien auch zur ärztlichen Untersuchung in Frauenkleidern. Dezentes Aussehen, wie eine Frau von etwa 45 Jahren. Dunkelblonde Perücke, Filzhut, seidene Bluse, künstliche Gummibrüste, Nylonstrümpfe (kleidete sich gern modern), Kostüm, Pumps, seidene Unterwäsche, dezenter Schmuck (Ring, Armband), Handtasche mit Puderdöschen, Lippenstift usw. Er lief in Frauenkleidern mit zierlichen Schritten, in Männerkleidern völlig normal. Größe 1,66m. Gewicht etwa 71 kg. Haupthaar ergraut, dünn. Tiefliegende kleine Augen, kurzsichtig. Sehr zarte Gesichtszüge, kleiner Mund, schmale Lippen, kleine Ohren, Zahnprothese. Fett der Brüste ziemlich stark entwickelt. Stimme unauffällig, konnte nicht gut singen. Hutnummer 54. Kehlkopf trat nicht besonders hervor. Haare über dem Brustbein oben mit Haarentfernungsmittel beseitigt. Am rechten Unterarm angedeutete Tätowierungen. Hoden mittelgroß. Starke Phimose.

Wie bei allen Transvestiten beherrschte auch sein Leben die transvestitische Neigung völlig, da sie ihn ständig als Trieb und Drangzustand beunruhigte. „Sein Leben wäre als Mann leer, kühl und einsam“. Mit ungewöhnlicher charakterlicher Stabilität und sicherlich erheblichem psychischem Kraftaufwand hielt er 27 Jahre lang die kinderlose Ehe an der Seite einer ungeliebten, seit 12 Jahren kranken Frau durch.

Ärztlicherseits bestanden gegen die Ausstellung einer polizeilichen Erlaubnis zum Tragen von Frauenkleidern keine Bedenken. Der Betreffende erschien regelmäßig zu Besuchen, gewöhnlich jedes Mal in einer anderen weiblichen Kleidung, ließ sich dabei selbstgefällig bewundern, zeigte z. B. einmal ein Spitzenhöschen, das er eben gekauft hatte und schon trug. Er erzählte u. a., dass sein Schneider für ihn sowohl als Mann als auch als Frau arbeitete, ohne zu wissen, dass es dieselbe Person war.

aus Weimann, Waldemar/ Prokop, Otto: Atlas der gerichtlichen

***

Auf dem Flur des ehemaligen Kurhotels Wilhelmshöhe steht Mutter Höllischer wie ein Fels in der Brandung inmitten des Gegackers, die Haare zu einer Schneckenfrisur gebündelt: „Los los, ab, Mädels, unter die Dusche, ihr müffelt mir allesamt wie eine Kompanie Bauarbeiter!"

„Frau Höllischer, bei uns ist immer lustig!", hörst du die Stimme Elfriede Kauns, sie schwingt dabei das Frottétuch, mit dem sie sich soeben an der Handtuchschlacht beteiligt hat...

„Ach, da schau mal her, das Fräulein Kaun", wischt die Hausmutter die Hände ordentlich an der Schürze ab. „...und Gretel Bergmann, altbekannte Firma wie immer!? Hier ist was los, nicht?"

„Mutter Höllischer, kommen Sie mit unter die Dusche?", vernimmst du noch deine Stimme, angetan in Badelaken und Morgenrock zwischen den erhitzten Athletinnen, ein Körper unter anderen Körpern.

„Jetzt fängt die auch noch an!", verdreht die olle Höllischer die Augen.

Und gleich bist du in der Gemeinschaftsdusche, ein Gedränge ästhetisierter Gliedmaßen, Beine werden eingeseift, schaukelnde Brüste, Arme strecken sich durch den steigenden Dampf nach einem aus, je weiter man vorgeht, desto undurchdringlicher erscheint das Gewirr. Soweit zum Unterschied zwischen männlichem und weiblichem Becken, dem Schädel, den Wangenknochen... Und du? Ja sicher, ich schiebe mich im Trainingsdress da entlang, doch nicht im Morgenrock also, stoße zweidrei triefende Leiber beiseite, bekomme am Ende von einer hinterhältigen Hürdenläuferin einen ordentlichen Guss über die durchgearbeitete Schulter und die Hüfte ab, die Mädchen quietschen nun wirklich, nicht das bisschen Gebelle von der Höllischer, sie quietschen hemmungslos konzertiert, ich gelange zur abgetrennten Kabine mit der kleinen Badewanne und schlüpfe hinein.

15

Duell der Mienenspiele

Mein Sömmering mit mir auf dem nächsten Flur, mein weil er immerzu mitläuft, mit dem Allerwertesten die Wartebank neben einer Doppeltür poliert, letztlich egal ob wir hier sitzen oder woanders. Ab und an taucht irgendjemand auf, Sekretärin, Krankenschwester? Krankenschwestern haben Häubchen aufgesteckt. Die Eisentür vor uns – oder vielmehr Blech. Verhaltensweisen treten auf, ein Assistenzarzt, groß, wellige Frisur, blauäugig, eilt uns dicht an der Nase vorbei. Kriegt aber auch schon Geheimratsecken. In der Kitteltasche ein Manual der Rechtsmedizin mit Merkzetteln zwischen den Seiten. Spickzettel. Kurzer Blick streift meinen persönlichen Sömmering, der schon Luft holt um zu fragen, sich die Knöpfe am Uniformrock überprüft – der Assistent schaut mich an von Kopf bis Fuß und verzieht den ohnehin verkniffenen Mundwinkel. Und ich glaubte schon, er würde uns überhaupt nicht zur Kenntnis nehmen... Irgendwas veranlasst mich, das eigene Gesicht anzufassen – komplett schief wie beim Zahnwurzelabszess. Nein: ich grinse, das ist es. Der Sömmering vollführt im Sitzen einen missglückten Diener: „Entschuldigen Sie... Herr Chefarzt Dr. Weimann weiß Bescheid, dass wir...“

„Herr Professor ist bei der Visite.“ Für den Assistenten eine Gelegenheit, in der Eisentür zu verschwinden, kurz erblickt man Katafalke mit aufgedunsenen Leichen, dazwischen werden in Rinnen die Körperflüssigkeiten weggeschwemmt. Innen verstellt ihm, die Arme in die Flanken gestemmt, ein anderer den Weg, der Assistent – oder doch noch Student? – schlägt einen Haken über ein Rinnsal, der eiserne Vorhang fällt zu. Auch so ein Tragdietasch für den Professor, in der Hoffnung, dass er eines fernen Tages den Oberarzt markieren darf. Wetten, dass ihm später im Krieg der Kopf weggeblasen wurde, mitsamt Frisur? Ich also wieder einmal auf der Wartebank, während andere sich ihre Lebensperspektiven an mir aufbauten,

kann auch nichts dazu, dass alle etwas von mir wollten. Die Einen dass ich hoch springe, die Anderen dass ich mich rasiere, die Dritten dass ich mich ausziehe, da im Institut zwischen aufgeschlitzten Leichen von Unglücklichen die ins Wasser gegangen sind... Da magst du noch sosehr in der Zelle mit verrutschten Gesichtszügen und aus dem Training gekommenen Gliedmaßen auf und ab laufen... nutzt alles nix. Ich stemme mich auf den Handflächen in die Luft, mache einen Stütz, die Beine neunzig Grad nach vorne in die Waagrechte gehoben, die Pumpsspitzen geradeaus gerichtet. Zur Pferdebeschau stecken sie mich ja immer in Damenmantel und Pumps... in der dunkelblauen Knastmontur geb ich ja nicht so viel her.

„Setzen!", schnarrt mein persönlicher Hauptsturmführer Kriminalsekretär Sömmering. „Nicht dass du uns schon wieder so ´ne Schande einfährst wie bei dem Professor Gebhardt in Hohenlychen!"

„Ist die Frage, wer wem Schande eingefahren hat! Uns wie der ganzen Sache!"

„Komm, immerhin hab ich dich eingefangen, da erinnerst du dich noch dran, oder? Trud-chen! Hat sich als Trudchen vorgestellt! Das war doch das Letzte! Sind wir im Kindergarten oder was?"

Ein Student, jetzt definitiv Student, den Kittel mit unscheinbaren weißen Stoffknöpfen garniert, kommt mit einer Sekretärin herbei, die hält zwei Akten an den Leib gepresst und mustert mich, als wäre eine der Akten die meinige, wenn nicht gleich die beiden. Der Student flüstert ihr ins niedlich beringte Ohr, Typ Schwiegermutterliebling, anscheinend sind hier alle blond, werden nach Haarfarbe ausgewählt. Er sperrt die Tür des Sektionssaals auf, für einen Moment eröffnet sich wieder der Blick auf die Tische und die »Visite«. Der obduzierende Oberarzt hebt ein Herz aus einer Schale hoch, wirkt wie ein Schweineherz bei der Hausschlachtung in Erichshof. Die Sekretärin kehrt um und geht verschlossenen Gesichtsausdrucks zurück, war bloß mit dem Schwiegermutterliebling spazieren. Sömmering macht einen Satz hinter ihr her, ehe er sie berührt, hält er am Fenster inne und schaut auf den Innenhof. Mein Hauptsturmführer zeigt zusehends Nerven. „Eine Zigarette täte jetzt gut." Kehrt zur Bank zurück, lässt sich neben mich plumpsen. „Tja. Visite." Neigt sich vor und wischt sich mit dem Taschentuch die Schuhspitzen. „Und reiß dich mal zsammen... mach mir keine Schande, weißt was alles für mich auf dem Spiel steht... damit die oben nicht meckern."

***

Dr. Waldemar Weimann, 45 Jahre, älter wirkend – zurückweichende Haare, Segelohren, fragender Blick, zwei Stirnrunzeln, die gemeinsam mit der kleinen Wulst zwischen den Augenbrauen dem Gesicht einen Hauch von Kümmernis verleihen. Die Lippen hingegen oder gerade deshalb sinnlich. Am 1. April 1937 hat sein neugegründetes Gerichtsärztliches Institut die Diensträume in einer Baracke des pathologischen Instituts auf dem Gelände des Robert-Koch-Krankenhauses Moabit, Turmstraße 21, bezogen. Kleiner Hörsaal, der Professor hat sich am Katheder niedergelassen. An der Tafel hängt eine Anatomie-Demonstration, eine halbseitig enthäutete Trude Mustermann guckt mich mit dem freipräparierten Auge an, das gerade so seine Mühe hat, nicht hinauszukullern. Ich stelle mich einen Schritt nach links, zwei Schritt drei vier Schritt rechts, Mustermann stiert mich unverändert an, verfolgt mich, der Professor greift sich ein großes Heft mit hartem Deckel vom Katheder und schlägt es auf: „Der Kollega von der Pathologie lässt immer seine Materialien liegen. Die werten Herren Pathologen lassen jegliche Gelegenheit zum kollegialen Nebeneinander verstreichen..." Der Assistent hängt das anatomische Plakat ab, dreht sich suchend im Kreis wie eine Wetterfahne... wandert damit einmal um den Katheder, auch ein Orientierungslauf. „Nee, lassen Sie schon hängen, Maier, sonst heißt es wieder, es sei eine Retourkutsche, wir würden hier unseren Kleinkrieg um die Obduktionstische auf dem Rücken der Studenten austragen. Am Ende lässt er auch noch ein Leichenteil irgendwo liegen, der Herr Kollega." Unvermittelt wendet sich der Professor mir zu: „Mädchen, mach dich schon mal frei! Die Bekleidung kannst du ruhig auf den Stuhl hier legen."

„Ich heiße Trudchen." Ich bin ein Schaf, und das ist klug von mir. Werde aufgeklappt, die Innereien nach außen gehalten. Strümpfe hab ich keine an, hat man vergessen, mir die auf die Schnelle auszugeben.

„Dieses glatte, glänzende Haar bei der Dame vorhin, bei welcher Vergiftung hätte man es vorfinden können, wenn sie eben nicht stranguliert gewesen wäre?" fragt der Professor seinen blonden Maier.

„Meinen Sie eine Vergiftung mit... mit Arsen?" Alle blond, blonde Haare dunkelblaue Auu-gen... Hab lauter gute Laune, seit ich zurück bin in der Zelle die ich seit dem Ausflug nach Hohenlychen für mich alleine bewohne. Der Sömmering kann weder warten, noch kommt er wohl in den Genuss eines Einzelzimmers. Ich kann warten, das Warten ist mir antrainiert worden wie Springen Laufen Kugelstoßen. Frühstück, Mittagessen, gelegentlich Spaziergang Abendessen Zapfenstreich; die Gezeiten halt.

Die Stirn des Chefs umwölkt sich. „Arsen – akut oder chronisch?"

„A – akut?", stottert der Assistent.

„Haare wachsen doch nicht akut, Herr Kollege. Hört er mir damit auf; hier, der Untersuchungsbefund: es handelt sich eindeutig um einen Mann, dessen Geschlechtseile und sekundäre Geschlechtsmerkmale keinen Zweifel an der männlichen Geschlechtsbestimmung zulassen. Psyche – notiere: deutliche regressive Züge, die auf eine Assimilation in weiblicher Rolle im Zuge längerer Ausübung entsprechender Verhaltensmuster hindeuten." Was macht Kumpel Gorilla Sömmering draußen? Beide unterziehen wir uns unserer Prüfung, der eine drinnen der andere draußen. Mir kann ja nix weiter passieren, ich bin ja Optimistin. Schaue ihn mir an, den beleidigten Professor. Er und ich – das Duell der Mienenspiele.

„Herr Professor..."

„Jetzt weiter. Bin übrigens nicht Professor, ärztlicher Leiter, wenn schon. Ich muss gleich zum Gericht wegen des Mordfalls mit der Tranchierschere... du weißt schon." Er streckt den Arm aus, fasst mein Geschlecht, drückt die Spitze der Eichel zusammen, sieht sich nach der Wanduhr um, und zu den Fensterscheiben hin, hinter denen es verhalten nieselt. „Über Zwitter und Transsexualität halten Sie mir bei der Freitagsbesprechung einen viertelstündigen Fortbildungsbeitrag. Hier ein Strang – ist ja interessant. Lediglich der Befund, dass das Glied an der unteren Seite durch

einen breitflächigen derben Strang nach hinten gezogen ist, stellt eine gewisse Anomalie dar.“

Der blonde Assistent, nun weniger blond als rot, rot wie ein Sömmering im Gesicht angelaufen, fasst neben die Hand seines Chefs: „Ja, das sieht so aus...“

„Ich heiße Trudchen.“ Trudchen trudchen trudchen. Trudchen trude, wenn das jemand interessiert!

Dr. Weimann blättert mit der anderen Hand in den Papieren, während er unwillkürlich an meinem so getauften Glied zieht, in dessen Folge ich hin und her dirigiert einen Schritt nach links, einen nach rechts mache. Paar Tropfen fallen aufs Linoleum. Die Figur auf dem Plakat schaut zu... im aufgeklappten Unterbauch ein eingerolltes Kind, mit übermäßigem Kopf nach unten, die hohe Stirn gegen die Knie gepresst, Embryo oder wie das heißt. „Ach ja – und Kollege Gebhardt hat den Casus auch angeschaut? Was schreibt er uns da, im Bericht... Naja, ist der gleichen Meinung, eine operative Behandlung ist nicht dringend indiziert... was eine vorsorgliche Sterilisation angeht, das läge freilich im Ermessen der Behörden... gut, das sollen die Behörden entscheiden.“ Er lässt los, wischt mit der freigewordenen Hand eine sich in die Stirnrunzeln einschleichende Strähne weg. Rückt seinen Krawattenknoten zur Mitte hin. „Ich persönlich halte den Probanden für harmlos. Zumal unter eugenischen Aspekten, da sich hier die Frage stellt, ob angesichts der vorliegenden Verformung, trotz der bereits erfolgten Pollutionen, ein einwandfreier Geschlechtsverkehr ausgeübt werden kann.“

***

Weimann, Waldemar/ Prokop, Otto: Atlas der gerichtlichen Medizin, VEB Verlag Volk und Gesundheit, Berlin 1963, Leineneinband, 823 Seiten im Format 30,5 x 23 cm, mit annähernd 2000 Abbildungen. Erneuerte 2. überarbeitete Ausgabe mit 1660 Einzeldarstellung und zahlreichen tabellarischen Übersichten, bei S. Karger, Basel München

Paris London New York New Delhi Singapore Tokyo Sidney, 1987. Von Studenten Waldemars Kuriositätenkabinett genannt.

Abb. 660
Tod in Chlorethylkurznarkose und Verlegung der Atemöffnungen
Der Betroffene, ein 16jähriger Arztsohn, lag tot im Bett auf der linken Seite. Am Kopf eine dreifach gelegte Gummischürze bis zur Brust reichend, am Hals fest verschnürt. Aus der Schürze ragte ein offener Gummischlauch hervor, bis zur Erde reichend. Bekleidung mit Schlüpfer, Damenstrümpfen, eine Kette mit Sicherheitsschloss klemmte den Hodensack ein. In der rechten Hand eine Chlorethylspritzflasche aus der Praxis des Vaters.

Waldemars Kabinett, alles aktenkundig gleichsam... und dazwischen abgebildet einmal nackt in durchscheinenden Strümpfen und weißen Schnallenschühchen auf Absätzen, auf der nächsten Abbildung im Sportdress über der Latte schwebend: die Trude Steckel.

***

Hauptquartier der Sicherheitspolizei, Wilhelmstraße, Teil II

Das Prinz-Albrecht-Palais. Das dreigeschossige Hauptgebäude mit zur Straße hin offenem Ehrenhof und zwei links und rechts vom Eingang liegenden Wirtschaftsflügeln lag ursprünglich vor der Stadtmauer. Diente 1796 als Quarantänestation für die damals spektakuläre Pockenschutzimpfung des preußischen Kronprinzen Friedrich Wilhelm III. Umgestaltung durch Karl für Prinz Albrecht von Preußen, sowie 1860-62 durch Adolf Lohse. Seit 1934 Sitz des Sicherheitsdienstes der SS, 1935 wurden die benachbarten Gebäude der Wilhelmstraße in den Komplex der Prinz- Albrecht-Straße integriert. Bei einem Luftangriff am 23. November 1944 schwer beschädigt. 1961 wurde das brache Gelände von den Hohenzollernerben der Stadt überlassen. Diese vermietete es an einen stadtbekannten Transvestiten namens Straps-Harry, der hier einen Verkehrsübungsplatz einrichtete.

Andere Räumlichkeiten im Prinz-Albrecht-Palais – sogar erheblich andere! Trude wird von einem SS-Sturmmann die Treppe hinauf ins Büro Reinhard Heydrichs geführt. Rechts vom Betrachter aus imponiert beim Eintreten ein gewaltiger Schreibtisch, links eine Sitzgruppe, auf einem Kanapee sitzt festlich ausstaffiert Vater Heinrich Steckel, ins Knopfloch der Parteiuniform hat er sich eine Nelke gesteckt. Ihm gegenüber auf einem Fauteuil der Müller. Beide weisen eine frappierende Ähnlichkeit auf. Ob Vater den Abend ebenfalls im Salon Kitty oder sonstiger einschlägiger Bar verbringen wird? „Und – wie geht die Gastwirtschaft ansonsten?“ Müller stützt beim Sprechen das eckige Kinn auf die Faust.

„Ganz gut. Die Töchter packen auch alle mit an... in der heutigen Zeit, Herr Reichskommissar“, nickt der Vater diensteifrig, nicht anders, als wenn eine Kontrolle vom Gesundheitsamt kommt.

„Müller. Nur Reichsamtsleiter.“ Die beiden haben sich gefunden. Der Bayer Müller steckt sich eine Zigarre zwischen die verkniffenen Lippen: „Ich kenn das, brauchen´s mir nix zu erzählen. Woher kommen´s? Was arbeiten´s jetzt?“

„Von Bremen...“

„Die ganze Reise von Bremen hierher gemacht?“„Jawohl, Herr Reichsamtsdirektor. Von Bremen also. So isses heutzutage.“

„Nur Reichsamtsleiter.“ Der Reichskriminaldirektor und SS-Oberführer, Leiter der Abteilung IV (Politische Polizei). Stechende braune Augen. Hat acht Jahre Volksschule absolviert, die mittlere Reife später nachgeholt. Dem Leiter des SD-Auslandsnachrichtendienstes Walter Schellenberg gegenüber sagt er: „Man sollte die gesamte Intelligenz in ein Bergwerk treiben und dieses dann in die Luft sprengen.“ Womit genauso Schellenberg selbst gemeint sein dürfte. Hier im Hauptsicherheitsquartier gibt Müller derweil den Vorredner für den Amtschef vom gesamten Prinz-Albrecht-Komplex in persona. Dünne Nase, ein Anflug von Silberblick auch hier, nervöse langgliedrige Hände. Reinhard Heydrich. Das Geplänkel dort in der Ecke kann er mit einer Handbewegung zum Halten bringen. Neben Trude Steckels Akte hat er jene des Kriminalsekretärs und SS-Hauptsturmführers Sömmering aufgeschlagen, 37 Jahre alt, geboren in Genthin, gegenwärtige Einsatzstelle bedauerlicherweise das Polizeipräsidium Magdeburg. Heydrich zieht die Schublade auf und holt eine Aluminium-Leichtfeuerwaffe hervor, fingert an deren Magazin, legt sie neben die Akte, die Goldmedaille und einen Stapel Zeitungen mit gleichlautenden Schlagzeilen zur Sudeten-Krise.

„Herr Reichsamtsleiter Müller", spricht Vater Steckel nach. „Ja sicher, man muss schon als Gewerbetreibender tüchtig die Ärmel hochkrempeln in der heutigen Zeit. Weil ich hab früher die Bahnhofsgaststätte von Seckenhausen gepachtet, zusammen mit meiner Frau versteht sich. Hab sie mit diesen eigenen Händen umgebaut, die Gaststätte, weil ich bin im ersten Handwerk gelernter Maurergeselle. Bis neunundzwanzig die Krise kam, und der Bahnhof wurde stillgelegt, gerechnet hat sich das alles dann nicht mehr mit den Kindern... meinen Töchtern und so. Noch dazu wo ich mir meinen Herzinfarkt geholt hab in dem Zusammenhang."

„Wie viele Töchter ham´s denn?"

„Also hintereinander die Elisabeth, die Adele und die Anna. Vier, mit unser Trude natürlich. Das ist so in der heutigen Zeit. Weil ich wollte schon immer einen Jungen kriegen, aber nach Trude, da mochte meine Frau nimmer. Trude war immer ein gesundes Mädchen soweit, nicht? Nicht wahr?"

Heydrich, der »C« im Jargon der Prinz-Albrecht-Straße, schielt von der Akte hoch: „Was meinen Sie mit »in der heutigen Zeit«!?" Schneidende Stimme, ganz anders als des Gestapo-Müllers brummliger Bariton.

„Wie – in der heutigen Zeit?", stammelt Vater Steckel.

„Sie haben in der Kürze der Zeit dreimal wiederholt – »in der heutigen Zeit«! Jetzt sogar viermal! Was beabsichtigen Sie damit? Oder beabsichtigen Sie nichts damit?"

„Ich? Nichts, das sagt man ja so... also, ich... hier, also schauen Sie doch mal, ich habe das Parteiabzeichen Nummer fünfhundertundsechzehntausen...“Heydrich wendet sich Trude zu: „Name? Vorname?“

„Steckel... Steckel.“

„Steckel Steckel“, ahmt der Silberblickende nach, und seine Stimme fällt für die Ohren eines gestandenen Musikers, der er ist, noch eine kleine Terz höher aus als die Trudes. „Name der Eltern?“

„Johann Heinrich, geboren vierter September fünfundachtzig in Erichsberg, Kreis Syke... sie heißt übrigens mit Vornamen Trude“, hebt Vater Steckel ansatzweise die Hand hoch.

„Sie halten sich da raus! In der heutigen Zeit!“

„Nichts für ungut – Sie sann nicht gefragt worden“, wirft Müller vermittelnd ein.

„Anschrift? Beruf?“, fährt Heydrich fort, wo er einmal die Fährte aufgenommen hat.

„Buntenstein...“, plappert es aus Vater Steckel drauflos... „Ich meine nur, das kommt wieder ins Lot mit Trude, oder?“

„Europameisterin. Tabakarbeiterin“, streut Trude ein, von einem Bein aufs andere tretend. „Oder Kellnerin.“

„Kellner oder Kellnerin? Erbliche Belastung in der Familie? Abnorme Veranlagung? Fakten, Fakten auf den Tisch!“

„Daheim auch Kellnerin.“ Ein Anflug von kasperlhaftem Grinsen breitet sich um Trudes Mundwinkel, während die obere Gesichtspartie um die Augen starr nach vorne ausgerichtet bleibt.

***

Tödliche Unfälle bei autoerotischer Betätigung

Abb.667a und b

Sexuelle Selbstfesselung in den Kleidern der Schwester...; interessante Situation beim Erhängen; Unglücksfall des 62 Jahre alten pensionierten Buchhalters.

***

Der SS-Sturmmann bringt Kaffee herein, stellt ihn vor Heydrich und Müller hin, schaut unschlüssig zu Vater Steckel – Müller gibt ein Zeichen, dass auch dieser eine Tasse bekommen soll. Es klopft an der Tür, der SS-Sturmmann eilt hin und lässt den Reichssportführer von Tschammer und Osten herein. „Heil Hitler!", entbietet von Tschammer mit dem verkrüppelten rechten Arm den deutschen Gruß. „Heil Hitler!", sendet er ein väterliches Zeichen zu Trude hin.

„Heil Hitler, Herr Reichssportführer! Hier – ein Platz für Sie." Müller ist aufgesprungen und weist auf einen der Sessel.

Von Tschammer manövriert um die Glasplatte des Beistelltisches, wirft einen Blick durchs Fenster hinter Heydrichs Rücken auf die Kochstraße, in die Freiheit, aus der er eben gekommen ist. „Alles wartet schon auf mich, wunderbar. Tja, hier unser Problemfall, ja... Probleme sind zum Lösen da, nicht? Herr Gruppenführer?"

„Unser Problemfall war schon bei der Olympia dabei", erwidert Gruppenführer Heydrich meckerig und klopft mit dem Pistolenknauf auf die Akte, worin die in Magdeburg angefertigten Photos verstaut sind. Die durch das Herausnehmen der Spange gelösten Haare, die elastische Binde vom Geschlechtsteil entfernt, das Aktbild als Polizeikunst. „Hat keine Medaille gemacht in Berlin damals, nur Blech. Wir haben uns alle begeistert bei der Olympia, nicht wahr?, vor allem wegen der vorzüglichen Ergebnisse der deutschen Athleten. Die Kulisse, die jubelnden Massen; die perfekte Inszenierung schlechthin, was Sie da geleistet haben, Reichssportführer. Im Verbund mit sämtlichen sonstigen Organisationen, versteht sich."

Der alte Kämpe von Tschammer, rangmäßig Obergruppenführer der allerdings im Abstieg begriffenen SA, lässt sich auf den Stuhl nieder und hält seinen rechten Arm fest. Es ist ein ehrenvolles Krüppeltum, das er da vor sich herumträgt, an vorderster Front gleich zu Beginn des Ersten Weltkriegs erlitten. „Danke, Herr Reichskommissar..."

„Kaffee noch?, Herr Reichssportführer?", fragt der weichhüftige

SS-Sturmmann. Vielleicht liegt sein Erscheinungsbild weniger an den Hüften als am Bundhosenschnitt, oder einfach an den Bügelfalten?

„Herr Reichssportführer – Kaffee noch?“, hakt der Gestapo-Müller da ein.

„Zwei Würfel Zucker bitte.“ Der SS-Sturmmann riecht beim Einschenken unwillkürlich an dem entsteigenden Dunst.

Heydrich gibt der Pistole einen Schubs wie beim Flaschendrehen, nimmt die Medaille hoch und schwenkt sie, bis sich das Band um sein Handgelenk aufwickelt. „Sie und die Riefenstahl sind beide Künstler, wenn ich das doch feststellen darf, jeder auf seinem Gebiet. Auf die Ergebnisse kommt es an. Der Führer will Edelmetall sehen. Ein Blech auf der Olympiade, so was ist genauso wertlos wie... verdienstvoll, versteht sich.“

„Was die Pläne zu unserem Olympiastadion angeht, Sie wissen sicherlich, Herr Gruppenführer, dass es nach dem Willen des Führers noch mal erbaut werden soll, für vierhunderttausend Zuschauer... Werner March und Albert Speer sind schon dabei...“

„Jaja, natürlich... natürlich.“ Von Heydrichs Seite kommt das wie ein lautes Nachdenken.

„Damit künftig die Olympischen Spiele ausschließlich in Berlin stattfinden...“, hangelt von Tschammer sich entlang am Faden des Smalltalks, den er um keinen Preis verlieren möchte...

„Wo zigtausende Turnerinnen und Turner in Formationen ihre Figuren darstellen werden. Und Sie, Reichssportführer, werden das gemeinsam mit den Herren Baumeistern March und Speer architektieren... inszenieren... bevatern und bemuttern, nicht?“

Trude achtet mehr auf Gesten als auf Worte. Vater Steckel dreht wie einem Tennis- oder Pingpongspiel folgend den Kopf hin und her, Johann Heinrich mit Namen, Heinrich wie der Gestapo-Müller auch. Der Gestapo-Müller fährt mit den Fingern seinen Beistelltisch entlang der Kanten auf und ab und besieht sich die Hände, wie wenn er Staub dran erwartete. In diesem Büro verstaubt nichts. Sein Vorgesetzter lässt sich ob dieser Unhöflichkeit höchstens indirekt etwas anmerken, indem er die längst erwartete Volte einschlägt: „Gut, Parteiausweis fünfhundertsechzehn Tausend. Das ist sicherlich kein Freibrief für nichts“, klappt er die Artigkeiten über Bord, und hält statt eines Ausweises die Medaille hoch. Trude Steckel tritt unvermittelt an den Schreibtisch und greift danach. Heydrich zieht spielerisch zurück, ein Fechter eben, dann händigt er sie pendelnd Trude aus. Alle beobachten, was der beziehungsweise die Betreffende damit anfangen wird. Die Szene kommt wie ein Tierversuch daher.

***

Du bist noch einmal im Stadion. Einmal noch in der Arena der klassizisierten, aus dem unbearbeiteten Felsblock herauswachsenden Emotion stehen. Ein Amphitheater der bereinigten Antike, mehr Aura denn Arena. Wieder die Stille vor dem Sprung. Zur Linken die Einfahrt des Marathontors, von der Außenseite vom Rosseführer bewacht. Von deiner Seite ist sie umrahmt von Treppen, die zur Muschel der Feuerstätte hinführen. Die Gesichter der Menge verschmelzen, verschwinden. Tief atmest du ein, läufst los, setzt zum Sprung an… aus der Untersicht vom Sandplatz hinter der Latte sieht man, wie du auf den letzten drei Metern beschleunigst, dich seitlich drehst und mit dem rechten Fuß abstößt, das linke Bein sich allmählich in die Höhe der Latte hebt und bald darüber – und die kurze Sporthose dabei nichts freigibt, was sich darunter regen könnte.

16

Das Problem

Unter gespannter Aufmerksamkeit der Zuschauer steckt sich Trude Steckel die Medaille in den Mund. Eine Zeitlang nuckelt er/sie/es daran, fasst dann mit drei Fingern zwischen die Lippen, wirft das speichelfeuchte Metall zur Decke hoch, greift beim Fangen im letzten Augenblick gezielt daran vorbei, in Heydrichs Richtung. Die Medaille fällt zu Boden. Von Tschammer und Osten Heydrich Müller Vater Steckel. Sie sind gute Zuschauer. Der SS-Sturmmann zählt hierbei nicht. Von Tschammer holt aus – und lässt den verkrüppelten Arm wieder sinken. Dieses kurze Sich-der-Luft-Vergewissern vor dem Sprechen; im Zusammenhang mit der Kriegsverletzung ist ihm die Luft weggeblieben.

„Ich meine, das kommt wieder ins Lot, oder?", plappert Vater Steckel los in Richtung des Reichssportführers, der ihm durch seine Versehrtheit auf einmal vertrauenserweckender vorkommt als der Gestapo-Müller. Vielleicht, fällt Trude ein, wenn sie beispielsweise noch mal einssiebzig springen täte, würde man sie mit Sicherheit laufen lassen... zuerst bestaunen wie ein Zirkuspferd... oder sogar einen neuen Weltrekord hier im Raum aufstellen: „Ein Meter einundsiebzig."

„Was ist mit einseinundsiebzig?", fragt Heydrich scharf.

„Die Betreffende ist einssiebzig gesprungen", wendet sich Müller erklärend an seinen Chef. „Ist einsfünfundsiebzig groß, und einssiebzig gesprungen in Wien neuerdings. Alles aktenkundig, kann man sogar in der Zeitung nachlesen."

„Ich? Ich bin nie einssiebzig gesprungen!"

„Diese Münze hier – ist das Ihre Medaille?", schaut Heydrich mit Augenaufschlag Trude an.

„Ich... ich war niemals in Wien... nur mal kurz zu Besuch oder so", stottert Trude.

Heydrich macht eine Geste zu von Tschammer hin: „Kommen Sie mal auf einen Moment mit? Wo Sie uns diesen Kasus geliefert haben, möchte ich Ihnen eine kleine Sehenswürdigkeit vorführen." Er lässt den diskret schwankenden von Tschammer in der Tür vor: „Bittesehr. Nach Ihnen." Und winkt Müller mit dem Schlüssel, den er in der Hand hält, hinter sich her. Der SS-Mann postiert sich breitbeinig vor dem Ausgang.

***

Museum des Freimaurertums auf derselben Etage des Prinz-Albrecht-Palais. Heydrich schließt auf. In einer Reihe mineralogischer Schaukästen liegen Namenslisten aus; über jedem Kasten ist die jeweilige Nationalfahne angebracht. Ein blitzschneller Blick des Hausherrn nach rechts und links, auf die Vorhänge – reine Gewohnheit – dann schaut er den von Tschammer und Osten aus nächster Nähe durchdringend an. Durch das einfallende Licht wirkt das Gesicht des SS-Gruppenführers aus unterschiedlichen Hälften zusammengesetzt. „So etwas haben Sie noch nicht gesehen, oder? Der Jude, der Freimaurer, der politische Geistliche – das notorische Gesindel, alles hier vertreten. Die Freimaurer, die noch am Leben sind: ohne Kreuz. Bei denen wo ein Kreuz eingezeichnet ist, da hat sich das erledigt, da muss es sich also nicht unbedingt um Christen handeln, hehe.“ Er öffnet einen der Schaukästen, wie man eine Schatzkiste aufklappt. Von Tschammer blättert mit der heilen Linken in einem Verzeichnis, Heydrich macht ihm aus Rücksicht einen Fußbreit weit Platz. „Mag man als Laie gar nicht glauben, dass es noch so viele davon gibt, überall wo man hinschaut. Das meiste sind schlechtrassig und schlechtgesinnt. Diese Menschen muss ich hinausbringen. Im Osten ist viel Platz, am Eismeer zum Beispiel, wo wir ja die Konzentrationslager der NKVD und GPU anstandslos übernehmen können. Die Sowjets sind in der Hinsicht schon recht gut aufgestellt. Aber wir – der Führer kämpft gegen den Weltfeind, wir müssen die Welt retten vor ihrem geistigen und moralischen Untergang!“

Gestapo-Müllers Aufgabe ist es, den von Tschammer nicht aus den Augen zu lassen. „Ich verstehe...“ murmelt von Tschammer und Osten. In der schwarzen Uniform steht ihm rank und blond der SS-General, will nicht sagen Ordensgeneral gegenüber. Es schauen ihn zwei Personen gleichzeitig an... aus arischen Mongolenaugen. Eine längliche

Lilienhand streckt sich vor des Reichssportführers Nase, nimmt ihm die Liste ab und bettet sie zurück in die Vitrine: „Kommen Sie mit." Im zweiten, fensterlosen, schwarz drapierten Raum herrscht völlige Dunkelheit. Heydrich schaltet eine violette Leuchte ein, allmählich treten ein Galgen und allerlei Kultgegenstände der Maurer an die Oberfläche. „Zuhinterst in ihren Tempeln steht so ein Galgen vor einem schwarzen Vorhang; hinter dem Vorhang, der das Allerheiligste verhüllt, gibt es nur noch das eine Wort Jachfe, der Name sagt genug. Hier die Schurze Ordensgewänder Handschuh sowie Bijou der verborgenen Johannisloge Ditmarsia in Formen von Zirkel Winkelmaß Maurerkelle, hier die Grade so genannter Selbsterkenntnis bis hin zum Meister: rauher Stein für Lehrling, kubischer Stein für Gesellen... Selbsterkenntnis. Aus Prag werden wir mit Sicherheit eine Menge einschlägiger Exemplare zusammenkriegen."

„Meinten Sie, demnächst aus den wiedereingegliederten Sudetengebieten... sind interessante Exponate zu erwarten?"

„Ich meine aus Prag, Reichssportführer. Das nur unter sechs Augen gesagt: demnächst aus Prag!" Müller drückt die Tür zum ersten Raum mit dem Hinterteil zu, es macht einen Klack, Heydrich fährt auf, ein Fechter eben, entspannt sich gleich wieder: „Müller, was machen Sie da!? Was demnächst zu ermitteln wäre... zum Beispiel der Admiral Canaris und seine Verbindungen zu den Freimaurern. Da ist eine Menge bemerkenswerter Details zu erwarten, die kommen vorläufig in unserer sogenannten Munitionskiste unter. Verstehen Sie, Reichssportführer..." Im fahlen Schein durchschreitet Heydrich den Raum. „Hier die gutrassig schlechtgesinnte Führerschicht, die sich in den diversen Hochgraden verbergen: Henry Ford Aristide Briand Gustav Stresemann... von Ossietzky Roosevelt Tucholsky... Die ganzen Verbrecher, die dir im Gespräch ohne Zeugen jedes Wort im Mund verdrehen... Bitte, nach Ihnen, nach Ihnen... Nach Ihnen, Reichssportführer."

„Sehen Sie", spricht Gestapo-Müller den Gast von der lädierten Flanke an, „Herr von Tschammer und Osten, ich komme im Gegensatz zu Ihnen aus kleinen Verhältnissen. Diese ganzen illustren Namen, was haben sie davon? San´s am Ende allesamt Kamuffel welche... Hornochsen. Auch unter unserer eigenen Führungsschicht gibt´s mit Verlaub... die verwestlicht Verseuchten. Man sollte diese gesamte Intelligenz in ein Bergwerk treiben und das Ganze in die Luft sprengen, dann wär endlich Ruh!"

Es folgen sich verjüngende Räume, die man nur gebückt durchschreitet, mit automatisch bewegten Totengerippen, die einen an den Schultern zu fassen drohen. Heydrich ist in seinem Element: „Nebenher gesagt: unser blauäugige Trude Steckel wollte sich Hochrassigkeit erschleichen. Zugegebenermaßen im Dienste der Sache. Sie selbst, Tschammer, hatten mit an Sicherheit grenzender Wahrscheinlichkeit keinen Schimmer davon, stimmt´s oder hab ich Recht? Na gut. Wie ich ebenfalls nicht, und der Professor Gebhardt als Mannschaftsarzt bei Olympia bemerkenswerterweise ebenso wenig, nicht? Wir wollen keine Affäre draus entstehen lassen, bevor klar ist wem das dient..."

„Das ist ja selbstverständlich... keine Affäre!" Der Reichssportführer greift sich mit der Linken nach dem Kragen. Verhältnismäßig wenig Luft hier.

„Müller, das werden Sie mir noch ermitteln, wer wie viel wovon gewusst hat undsoweiter. Irgendwie, sagt mir meine Nase, hätte man sich das rundherum denken können... Inzwischen hat´s Professor Weimann bis ins Detail beschrieben, genauso wie nun auf einmal sein Kollege Gebhardt... der ist ja vom Reichs-SS-Führer Himmler der Leibarzt und Klassenkamerad, also werden wir was ihn betrifft bloß einen Vermerk machen."

Müller schaltet das Licht aus und dreht den Besucher an den Schultern sachte nach links.

***

In Heydrichs Büro. Der SS-Sturmmann kommt mit einer Kanne herein. Trude und Vater Steckel, jeder auf anderer Seite des Raums, schauen ihm beim Blumengießen zu. Der Sturmmann hat der Kannentülle eine Brause aufgesetzt, damit sich der Strahl wie eine Tröpfcheninfektion über die ganze Pflanze verteilt. Trude schleicht an den Schreibtisch heran und schaut sich aus vorsichtiger Entfernung das Spielzeug an, eine Aluminium-Leichtpistole Kaliber 7,65 mm, keine Armeepistole, das eine wie das andere würde bei ihr ohnehin keinen Wiedererkennungseffekt hervorrufen.

***

Heydrich stößt eine Tür auf. Licht strömt aus dem schmalen Raum. Der geblendete von Tschammer erkennt nachgerade drei an der Wand eingerahmte Manuskripte, über denen in sorgfältig gezeichneten Lettern »Goethe als Lügner« steht. Heydrich baut sich vor dem ersten Rahmen auf: „Lesen Sie vor!"

„An Jacob Friedrich Freiherrn v. Fritsch. Ew. Excellenz..."

entziffert von Tschammer die schwungvoll nach rechts geneigte deutsche Kurrentschrift; der Führer mag die Frakturschrift bekanntlich nicht sonderlich, in seinen Augen steht die lateinische Schrift für die künftige europaweite Verbreitung des Deutschen.

„Eure Exzellenz!", korrigiert Heydrich.

„Es hat mir nur an diesem Titel gefehlt, um mit Personen, die ich schätzen lernte, in nähere Verbindung zu treten – und dieses gesellige Gefühl ist es allein, was mich um die Aufnahme nachsuchen lässt. Wem könnte ich dieses Anliegen besser empfehlen, als Ew. Excellenz? Ich erwarte in der Sache gütige Winke und unterzeichne mich ehrfurchtsvoll Weimar, den 13. Febr. 1780, Ew. Excellenz... ganz gehorsamster Diener... Goethe!"

„Und hier der schlagende Beweis“ springt ihm Heydrich vor Erwartung zitternd ins Wort, „dass er längst einem anderen Geheimbund beigetreten war, in Wetzlar, der Rittergesellschaft und den Rosenkreuzern notabene, lesen Sie?“

„Ich habe meine Brille liegen lassen…“

„Ihre Brille? Geht´s Ihnen irgendwie nicht gut?“, stützt Müller fürsorglich den Reichssportführer. „Ja, die Luft… Dös da mit der Lüftung haben wir noch nicht gelöst.“

„Und hier teilt er in einem Billet einem Reisenden mit, dass er ihn nicht empfangen kann, da er sich zu einem gewissen Knebel verfügen muss, und an Knebel schreibt er gleichzeitig, dass er wegen des Reisenden verhindert sei – und hier, laut dem dritten Brief geht er am selben Tag zu Frau von Stein!“, überschlägt sich Heydrich, auch er zusehends atemlos, kaum kriegt er die Worte hintereinander geordnet. Aber wir kommen dem auf die Schliche! Blitzschneller Angriff. „Da haben Sie Ihren verlogenen Freimaurer Goethe!“

„*Meinen* Goethe? Ich hab damit nichts zu schaffen… ich als alter Frontkämpfer, mit meiner Parteinummer zweihundertfünftausend und… und Leiter des Sportamts von »Kraft durch Freude«…“

„Für die Schulen müssen wir die schlimmsten Auswüchse von Goethes Freimaurerei aus den Ausgaben tilgen, zumal die Deutschlehrer die tieferen Zusammenhänge nicht verstehen würden! Wir haben zu wenig gemacht, bislang. Da heißt es, mit der richtigen Einstellung immer und immer wieder die alten Bücher durchforsten und berichtigen! Auf jeden Fall müssen wir die Kulturgeschichte aus der Warte unserer Moralordnung umschreiben, von dem Stand ausgehend, an dem wir heute angelangt sind! Schade übrigens, dass neben dem Judentum nicht auch das katholische Element ins Gesetz zur Wiederherstellung des deutschen Beamtentums einbezogen wurde. Gerade das Schulwesen wimmelt buchstäblich davon. Dabei geht es darum, gerade die kleinen Jungs schon bei den ersten Schritten in die richtige Bahn zu lenken, damit sie gar nicht erst falsch denken…“

„Das steht außer Frage... ich denke bloß, das viele Licht auf einmal... vielleicht vertragen die Exponate nicht so viel Licht... ich meine von wegen Museum..."

„Genau – steht außer Frage! Das hat er richtig gesagt!", stimmt Müller in von Tschammers Antwort mit ein.

„Wir haben die Museen von der Entartung gesäubert, und was an alten Bildern darin noch hängt, das wird umbenannt. Das von wegen Museum. Das Licht… stimmt ja… alles kommt ans Licht! Entlarvte Freimaurerei, das ist dieses meine Museum ohne Mantel, ohne Schleier, ohne Phrase und Vertarnung. Hart sind die Hände, welche die Logentüren aufrissen, hart ist der Wille zum Kampf gegen die Dunkelmänner, ENTWEDER – ODER!" Das museale Stück, die Haupttrophäe der Sammlung ist der SS-Gruppenführer selbst. „Wer soll leben, die Bankjuden oder das Volk? Das Lebensrecht des Volkes ist wichtiger wie die Dividenden! Wir sind umzingelt... Jeder kann unwissentlich als Freimaurer agieren, auch ich... oder Sie… ja, Sie!" Heydrichs hohe Lache platzt in die angestaute Stickluft hinein.

Der Reichssportführer schluckt und lacht dann los, lacht mit: „Junger Freund... ich meine Gruppenführer... jetzt machen Sie mal halblang... Halblang."

Müller lacht mit Verspätung los, bricht unvermittelt mitten in der Einatmung ab – und wartet.

„Aber ich meine, das ist doch alles klar, wir sind da derselben Meinung, der Führer übrigens auch...", sagt von Tschammer unbehaglich.

„Gustav Stresemann Aristide Briand Franklin D. Roosevelt – den ganzen Völkerbund hab ich als Freimaurerversammlung, die letztendlich das Ziel der Verjudung der Völker verfolgt. Wenn wir Nationalsozialisten durch irgendeinen unsinnigen Zufall der Geschichte zugrunde gehen sollten, dann... dann... Dann feiern die Freimaurer Orgien der Grausamkeit, neben denen die Strenge Adolf Hitlers sehr maßvoll erscheinen wird." Heydrich streckt die Brust durch und schaut über die linke Schulter von Tschammers: „Reichssportführer?"

Von Tschammer schluckt: „Ja, Gruppenführer."

„Sie sind dauernd mit dem Olympiakomitee oder sonst auch unterwegs, Paris und London undsoweiter... Wo Sie doch so gut englisch und französisch sprechen. Man hält uns für Bluthunde im Ausland?" Beide Männer zittern, von Tschammer sowie Heydrich zittern, jeder aus anderer Anwandlung heraus. Der Chef der Polizei zittert – hellsichtig. „Ich werde innerhalb des Sicherheitsdienstes SS der Oberverdachtsschöpfer genannt. Gut so. Mich belügt keiner."

„Nein. Das denk´ ich auch. Nein."

„Es ist fast zu hart für den Einzelnen, wir müssen aber hart bleiben wie Granit. Viel später wird man uns danken für das, was wir auf uns genommen haben."

***

Heydrichs Büro. Trude immerfort mit der Goldmedaille von der ersten Frauen-Europameisterschaft spielend. Kopf oder Zahl? Auf der Kehrseite eine Athletin, die von der Bahn zum Sprint oder zum Sprung abhebt? Die Medaille als Senkblei in eine Außenwelt Europawelt Deutschlandwelt, aus der Trude extrahiert worden ist wie ein Zahn, eine Zyste, ein faulender winziger Infektionsherd. Vater Steckel traut sich nicht zu rühren. Den Ausgang aus dem Raum versperrt breithüftig der SS-Sturmmann, die Hände auf dem Rücken, die Gießkanne mit der Brausentülle neben sich auf dem Steinboden abgesetzt, so sieht er hin und her zwischen Kanne und Trude. „Wegbleiben vom Schreibtisch! Zurück! Drei Schritt zurück!"

Vater Steckel schneuzt sich ins Taschentuch, am besten die ganze Glatze damit bedecken wie am Nordseestrand in der heutigen sommerlichen Zeit. „Jetzt reiß dich mal zusammen, Trudi!" Mit der Medaille spielend balanciert Trude im Rückwärtsgang an seine Seite. „Ich soll dich von Mutter grüßen. Und von den Mädels, hauptsächlich von Adele. Wird höchste Zeit, dass alles wieder ins Lot kommt!"

Die Tür fliegt auf, Gruppenführer Heydrich tritt auf der Schwelle beiseite und weist von Tschammer hinein: „Bittesehr. Nach Ihnen, Reichssportführer. Nach Ihnen!"

Von Tschammer sackt in den Sessel. „Noch einen Kaffee für den Reichssportführer", ruft Müller dem sekretärlichen SS-Sturmmann hinterher.

Im Vorbeigehen schnappt Heydrich Trude die Medaille weg, dreht sich auf dem Absatz um: „Haben Sie mal gefochten? Könnten Sie hier mal fechten?" Auch er könnte einen Kaffee gebrauchen, vor allem aber verlangt es ihn, den Nachgeschmack des eigenen Auftritts im Museum nachzubessern.

„Antworte wenn der Herr Präsident dich fragt!", kommt es von hinten vom Vater.

„Nein. Wieso fechten?", versetzt Trude in hochgeschraubtem Alt, höher als die Stimme des Gruppenführers, und neigt den Kopf, um sich die eigenen Schuhe zu betrachten, immer noch die weißlichen Pumps mit Schnalle und Absatz, nur ohne Socken eben.

„Ich fechte nämlich. Ich bin Mitglied der deutschen Auswahl... wenn ich es will." Von der Stimme der Athletin irritiert hebt Heydrich erneut die Medaille vor deren Nase. Sollte der Tonfall vorhin eine parodistische Nachahmung seiner selbst gewesen sein? Demnach eine Provokation? Aus einem Automatismus heraus greift Trude nach dem Metall, blitzschnell zieht Heydrich weg. „Soso, nicht fechten. Das Problem ficht nicht. Vielmehr das perverse Subjekt.

Abb.669a bis c Autoerotischer Unfall bei masochistischer Betätigung
Der 56jährige Pförtner versah bei einer großen Versicherungsanstalt Dienst als Nachtpförtner. Er war in zweiter Ehe verheiratet. Eines Morgens, gegen 5:00 Uhr, wurde er von Putzfrauen des Betriebs, darunter auch seiner Ehefrau, an einem Kran hängend auf dem Hof des Versicherungsgebäudes aufgefunden. Er hatte sich bis auf Schuhe und heruntergestreifte Unterhose entkleidet und eine Fesselung angelegt.

Der Betroffene wurde als freundlicher, aufgeschlossener, zu Scherzen aufgelegter und viel belesener Mann geschildert, der nur wenig Frauenbekanntschaften hatte. 1939 ging er die erste Ehe ein, die auf Verschulden der Ehefrau geschieden wurde. Sowohl die erste als auch die zweite Ehefrau gaben an, dass er regelmäßig und ohne Andeutung besonderer Neigungen den Geschlechtsverkehr ausgeübt hatte. Die zweite Ehefrau erklärte auch nach Kenntnis der abartigen Veranlagung, dass sie sich keinen besseren Mann hätte wünschen können.

„Was haben Sie gemacht – wenn überhaupt?"

„Kugelstoßen, Sprint... Springen natürlich als erstes."

Heydrich setzt sich auf die Tischkante, liest die Pistole auf und hält sie knapp über Hüfthöhe: „Dann springen Sie! Los! In dieser Höhe! Nicht höher als ich zeige."

„So niedrig? Das lohnt nicht", erwidert Trude ruhig.

Heydrich hebt die Pistole von der Hüfte in Brusthöhe. „Die Kugel ist die Latte. Es heißt, die Latte reißen, nicht? Bei der Olympia haben Sie viel zu niedrig gerissen, bei 158 Zentimetern, nicht? Wieso eigentlich? Viel zu wenig. Alles aktenkundig da in den Papieren."

„Hör mal zu, was der Herr Präsident sagt!", kommt es schnaubend von Vater Steckel, der sich nun das Taschentuch auf den schweißperlenden Scheitel legte.

Hör mal zu was der Herr Präsident sagt! Wir haben nicht unbegrenzt Zeit. Die Augen schließend, atmest du tief ein, holst aus...

Dann, unter der Last der Blicke, der atemlosen Stille der Versammelten, geht Trude geradewegs los, springt auch nicht ansatzweise, geht eisern gemäßigten Schrittes vor Heydrichs Leichtpistole durch. Der SS-Gruppenführer atmet durch, die Anwesenden mit ihm, nicht zuletzt der von Tschammer und Osten. „Nicht nur in den Akten, sondern auch hier aktenkundig!", so zieht er sich, mit dem Pistolenknauf an seine rechte Schläfe tippend, hinter den Tisch zurück. „Das hier drin ist das umfassendste Archiv das ich kenne. Was diese Münze oder meinetwegen Medaille angeht, damit hat sich's nun ausgespielt. Jetzt wird Klartext geredet!"

„Es stehen nun mal einige Fragen an: Verbot des Tragens von Frauenkleidung, Namensänderung sowie Berichtigung des Standesamtsregisters, die Klärung des Wehrverhältnisses, Berufswechsel, am ehesten der Reichsarbeitsdienst", steuert Gestapo-Müller bei.

„Àpropos Standesamt", fasst von Tschammer sich wieder, der Kaffee hat da die nötige Hilfe geleistet, „Herr Gruppenführer, was ich mal fragen wollte: möglicherweise gibt es da meinerseits ja verwandtschaftliche Verbindungen zu Ihrer Frau Lina, die ist doch bekanntlich eine geborene von Osten..."

„...des weiteren das Wehrverhältnis, das Verbot des Tragens von Frauenkleidern... Die Sache lässt sich nicht mehr einfach untern Teppich kehren...", stimmt Heydrich mit größtmöglicher Beiläufigkeit in Müllers Aufzählung ein. Wie um den Tisch aufzuräumen liest er eine zweite Akte auf, Photos des Kriminalsekretärs Sömmering in knapper Bekleidung schlüpfen heraus, das Bäuchlein eingezogen, untergehakt mit einer Dame im Negligé... „Dieser übereifrige Sherlock Holmes hat ganze Arbeit geleistet! Zweiter im Magdeburger Polizeilauf über fünfzehnhundert Meter. Wird sich noch glücklich schätzen, wenn er in Magdeburg-Neustadt das Pflaster treten darf, dienstlich, bei der Sitte, versteht sich! Es im Zug nach Berlin auch noch brühwarm der erstbesten Frauenbekanntschaft erzählen... der erstbesten! Soweit zu Sömmering."

„Trude. Ich heiße Trude. Was hätte ich tun sollen!? Ich habe mir schon ernstlich Gedanken gemacht, ob das alles so stimmt wie es läuft... schon öfters Gedanken", legt Steckel, eben noch eingefroren wie ihr parkinsonischer Zellengenosse, unversehens los. „Aber es kommt alles wieder ins Lot, nicht? Ich meine, ich wollte meinen Eltern schon... anvertrauen, wusste bloß nicht wie. Nur der Adele. Nee, die Adele lassen Sie gefälligst außen vor! Ich meine, ich bin von wegen Bartwuchs öfters von Kameradinnen angeulkt worden... Es gibt doch Frauen, die sich nicht nur die Beine rasieren, nicht? Es hat auch sein Gutes, dass die ganze Geschichte endlich zum Klappen gekommen ist. Weil, die vergangenen drei Jahre sind die langweiligsten im Leben überhaupt gewesen."

„Da wollen wir mal festhalten, dass er zu den gutgesinnten Niederrassigen geschlagen wird. Möchten Sie eine Zigarette haben? Einen Schluck Schnaps?", unterbricht Heydrich.

„Mädel, ist dir nicht eingefallen, dass du dadurch dem Leumund des deutschen Sports einen bleibenden Schaden zufügen kannst?", drängt sich GestapoMüller dazwischen, nur um sich vor dem Chef beliebt zu machen.

Weder Schnaps noch Zigarette. Unter aller Blicken sackt das überführte Subjekt mit dem brettflachen Oberkörper vornüber, geht auf ein Knie und knüpft sich die losgelöste Schuhschnalle zu. „Von neunzehnhundertfünfunddreißig bis achtunddreißig, total langweilig, trotz der Olympia. Wo ich nur vierte geworden bin und das nur durch Stechen gegen die... die wie hieß sie noch..."

„Nicolas... Marguerite Nicholas, Frankreich. Hundertachtundfünfzig ce em", souffliert der von höchster Aufmerksamkeit beseelte Heydrich.

Auf einmal meldet sich Vater Steckel von seinem Kanapee: „Bei allerhöchstem Respekt, wie soll das alles gehen, mit Namensänderung? Wehrmacht, Berufsänderung auch noch!? In die Tabakfabrik kann Trude nimmer hingehen, wenn sie nimmer Trude heißt. Wollte ich nur mal in Anbetracht gestellt haben. Die Hebamme hat Trude schon als Mädchen eingetragen, hat sich das sicherheitshalber noch mal angeschaut... eindeutig: Mädel bleibt Mädel. Die drei Kinder vorher waren auch Mädchen, Adele Anna Elisabeth, durch die Bank, ich hab schon immer Töchter gemacht! Ich wollte es nur soweit angemerkt haben. Trude ist das Nachküken gewesen. Und was sagt die Untergauleiterin Nordsee dazu? Der BDM ist ja mit drin verwickelt! Die kann´s doch unmöglich so hinnehmen..." Heydrich greift sich einen Briefmarkenblock vom Tisch und wedelt damit einladend in von Tschammers

Richtung. Es sind die vertrauten Eine-Reichsmark-Wertzeichen: aus Untersicht abgebildet die Trude im Sprung, die Haare stehen hoch, das zweite Bein, das Absprungbein, schwingt sich gerade über die Latte. Wie solche Schnappschüsse eben gestellt werden: die Latte auf höchstens hundertdreißig cm gelegt, die Photographen werfen sich in den Sand der Aufsprungfläche... Die Hufe gleichsam in die Erde gegraben, fährt der Gastwirt Steckel etwas holpriger dennoch fort: „Und soll ich vielleicht die ganzen Pokale zurückgeben, allein von drei deutschen Meisterschaften? Das mit Jungen-Sein glaub ich auch nicht so ohne weiteres... die Ärzte erzählen unsereins viel..." Er unterbricht sich und sieht zum »CH« hin.

„Gut, Müller hat recht: den Eltern wird das Sorgerecht entzogen, Trude Steckel wird unter Vormundschaft gestellt und zum Reichsarbeitsdienst eingezogen... Nicht zu vergessen die Untergauleiterin Nordsee – schon witzig wie die da wohl verwickelt ist! Müller, schlagen Sie interessehalber nach, wie die Untergauleiterin Nordsee überhaupt heißt. Und legen mir deren Unterlagen bei der morgigen Besprechung vor. Und Sie, Herr Steckel mit Ihrem Parteiabzeichen Nummer fünfhundertund… undsechzehntausend, nur mal so nebenbei: haben Sie ′ne Vorstellung was Ihnen und Ihrer Tochter, ich meine Ihrem Sohnemann, wie auch immer... Ihrem Sprössling ansonsten alles droht!? Unter uns Mädchen... nichts für ungut!"

17

Phototermin im Stadion. Die Latte wird auf läppische 132 cm gelegt, die Photographen placieren sich im Aufsprungsand. Du stemmst die Hände in die Flanken und atmest durch, von wegen ein bisschen Spannung in die Vorbereitungen reinbringen, nimmst federnd Anlauf, erhebst dich über die Latte wie auf der Briefmarke näherst dich dem Objektiv... schon füllst du, schon füllt ein Körperteil von dir das Bild vollständig aus.

***

DIE EREIGNISSE BESCHLEUNIGEN SICH

***

Gefängnisanstalt Hannover? Woher denn kommen Sie darauf, auf das mit dem Gefängnisaufenthalt? Mit kurzgeschorenen Haaren in Anstaltskleidern zwischen anderen Häftlingen auf dem Hof herumhüpfen, und das alles auch aktenkundig? Schon gut, versuchsweise halt eine Art Schersprung angedeutet, wie vormals, wo ich noch ganz klein war, auf dem Hof der Volksschule Seckenhausen beim Lehrer Grießheim, die Hände ausschütteln, Anlauf nehmen können sowohl mit der rechten wie mit der linken Flanke, natürlich ist das Sprungbein das linke, man dreht bei den letzten beiden Schritten seitlich bei... Dorothy Odam hat sich gewissermaßen als Ausnahme zu ihrem zweiten Platz mit rechts abgestoßen, Elfriede Kaun die Olympiadritte und die Olympiasiegerin Ibolya Csák mit dem linken Bein wie ich auch... Über der Latte die Arme nach oben ausgestreckt in der Art Ibolyas nach hinten wie ein verschämter Flügelschlag...

Wenn ich so überlege, bin ich letztlich, der ursprünglichen Zugroute von Wien über Dresden folgend, bis nach Hannover gekommen. Ein Mithäftling wird sich mir in den Weg stellen und rechts und links Boxhiebe in die Luft markieren. Werde dem Waisenknaben ausweichen indem ich einfach über dessen Knie hinwegspringe. Kinderspiele in gefährlichem Umfeld. Einer mit Raubüberfall auf dem Konto, genaugenommen Bruch mit anschließendem ungeplantem Raubüberfall, tätowiert, auch den Punkt im Gesicht womit sich die schweren Jungs als Rezidivisten untereinander zu erkennen geben. Nebenher eine nette Vergewaltigung von seiner kleinen Schwester, ursprünglich ein Metzgergesell von Beruf mit Metzgergesellenrumpf und Metzgergesellengesicht. Neinnein, i wo, ach was, bin nie wirklich im Gefängnis gewesen, wüsst ich ja. Von wegen dieser Affäre mit männlichweiblich oder wieso? Was die Journalisten sich während der Gurkensaison alles einfallen lassen! Habe einfach nur bei

Martin Brinkmann in der Fabrik die drei langweiligsten Jahre meines Lebens verlebt. Sportvereinigung Martin Brinkmann Bremen. Die Stille vor dem Sprung, das stimmt schon: das war so ein Gefühl, die Stille vor dem Sprung. Ansonsten alles nur Gerüchte. Verleumdung ist das! Die haben mich vom Brinkmann gleich zur Wehrmacht eingezogen. Wurden gerade die Sudetengebiete oder wie's hieß vom Tschechenterror befreit... Wehrmacht war in Ordnung, da kannst du untertauchen sozusagen, als Kanonenfutter. Sozusagen, nicht? Keiner stellt dir Fragen ob du Männlein oder Weiblein bist, versteht sich von selbst. Besser als Schule allemal. Rennen springen marschieren konnt' ich ja. Granaten werfen. Was diese Leute von der Journaille von mir wollen... ich soll Weltmeisterin im Hochsprung gewesen sein, oder Europameisterin im Weltrekord. Sorgen haben die Leute.

***

Opus pro smrtihlava *(Opus für den Totenkopf)*

27. Mai 1942

Sie kommen vom Arbeiter-Stadtteil Žižkov, wo sie sich zwei von ihren Helfern besorgte Damenräder abgeholt haben. Nota bene Damenräder. Auf denen sie geradewegs an die Straßenbahnhaltestelle *V Holešovičkách /Klein-Holeschowitz-Straße* im Prager Vorort Lieben gefahren sind. Die Fahrräder haben sie an Lichtmasten gelehnt. Es ist kurz vor neun Uhr, als sie sich in der Kurve postieren. Gewöhnlich fährt Heydrich gegen 9:30 Uhr in seiner offenen Benz-Limousine vorbei, dunkelgrüner Mercedes 320B Cabriolet mit dem Kennzeichen „SS-3“, Dreieinhalb-Liter-Motor, wie es auch Hitler mit Vorliebe benutzt. Jozef Gabčík an der Außenseite der Kurve trägt einen grauen Sportanzug, über dem Arm hängt ein bei dem heißen Tag auffälliger Regenmantel. Abgeschirmt gegen fremde Blicke, nimmt er darunter die drei Teile seiner Maschinenpistole aus der mit Kaninchenfutter ausgelegten Aktentasche und steckt sie zusammen. Auf der andern Seite unterhalb der Fahrräder steht Jan Kubiš herum, mit zwei Bomben in der Aktenmappe. Beide warten auf ein Signal vom zweihundert Meter bergaufwärts aufgestellten Josef Valčík, der mit einem Taschenspiegel blinken soll, wenn sich der Wagen nähert. Wolkenloser Himmel bis dahin. Heydrich kommt nicht.

Am Abend zuvor hat der mittlerweile zum SS-Obergruppenführer und stellvertretenden Reichsprotektor Beförderte seine Untergebenen im Garten des Wallensteinschen Palais mit dem Klavierquintett Opus Nr.5 seines Vaters traktieren lassen, dargeboten vom ehemaligen Lehrerkollegium der aufgelösten väterlichen Musikschule. Der Vater Richard (Bruno) Heydrich, Richard wie Richard Wagner, Mitglied der Freimaurerloge *Zu den drei Degen* in Halle, die streng katholische Mutter Elisabeth geborene Kranz, von Nonnen in der Schweiz erzogen. Dass seine Frau die dargebotene Musik nicht goutiert hat, kränkt den Obergruppenführer nicht wesentlich. Lina Heydrich geborene von Osten, Lehrerstochter aus verarmten kleinadeligen Verhältnissen, gibt hier unter der Prager Burg ähnlich wie auf ihrem Anwesen in *Panenské Březany* die Gastgeberin. Und empfindet sich wie eine Prinzessin in einem märchenhaften Land, jedenfalls soweit es ihre Umstände erlauben.

Heydrich lässt sich an diesem Morgen mehr Zeit als sonst. Statt loszufahren, geht er in Panenské Březany mit seiner hochschwangeren Frau spazieren. Schloss und Park haben vorm Krieg dem jüdischen Zuckerfabrikanten Ferdinand BlochBauer gehört, dessen Frau Adele sich ihrerzeit vom Freund Gustav Klimt als die goldene Secessions-Adele und vor allem zweimalig als die halbnackte biblische Judith mit dem Haupt des Holofernes malen ließ. Ein wenig keifig die Lina trotz ihres von der Schwangerschaft gerundeten Gesichts, diesmal wegen der Glasverkleidung am historischen Lüster im Salon, von der er bei seiner morgendlichen Fechtübung ein Stück abgeschlagen hat, ein sauberer Schnitt. Kein Vergleich mit den früheren Zeiten am Schlachtensee etwa, als er grob überschlagen sieben von zehn Ehejahren sein Essen im Amt eingenommen hat und von einem Seitensprung zum anderen gejagt ist. Der Aufenthalt im Protektorat Böhmen und Mähren stellt für beide die »schönste Zeit unserer Ehe« dar. Reini spielt noch eine Weile mit den Söhnen Klaus und Heider und dem Töchterchen Silke, um gegen zehn im offenen Dienstwagen abzufahren, nur mit seinem Chauffeur dem SS-Oberscharführer Johannes Klein.

Gabčík Valčík Kubiš. *Operation Anthropoid.*

Ein herrlicher Frühsommer- oder vielleicht Spätfrühlingstag. Auf dem Programm steht der Flug mit der Ju 52 ab dem Prager Militärflughafen Kbely, zum Führerhauptquartier Wolfsschanze. Ein tschechischer Uhrmacher, der im Hradschiner Büro des stellvertretenden Reichsprotektors eine antike Standuhr reparieren sollte, hatte auf dessen Schreibtisch ein Papier mit dem Terminplan für den 27. Mai 1942 entdeckt, hatte es zerknüllt einer Putzfrau zugespielt, die gab es an den Widerstand weiter. Um 10:29 erreicht der Wagen die Klein-Holeschowitz-Straße. Valčík gibt das verabredete Signal mit dem Rasierspiegel, Gabčík läuft über die Straße und postiert sich auf den Gehsteig am Scheitelpunkt der Kurve. Von der Trojabrücke kommt just in dem Augenblick eine Straßenbahn der Linie 3 herauf. In der engen Kurve kann Heydrichs Mercedes mit höchstens 20 Stundenkilometern auf den abwärts führenden Schienen fahren, zwischen dem Gehsteig und der Tram die nun zum Stehen gekommen ist. Der bei der British Army ausgebildete Fallschirmjäger Gabčík lässt bei drei Meter Entfernung seinen Regenmantel fallen, reißt die Maschinenpistole Typ Sten Gun Mk II FF hoch und drückt den Abzug. Die Waffe blockiert. Im Normalfall wäre Heydrich von 32 Schuss wie eine Zielscheibe durchsiebt worden. Während der Attentäter entgeistert an der Sten Gun hantiert, ruft Heydrich, dessen Wagen die Kurve bereits halb passiert hat, seinem Chauffeur Klein ein »Anhalten!« zu, greift in die Seitentasche der Autotür, wo er seine Aluminium-Leichtpistole Kaliber 7,65 mm stecken hat, richtet sich auf und drückt ab. Hitler hatte für derartige Fälle den Befehl erlassen, mit Vollgas vom Ort des Anschlags wegzufahren. Heydrich hält ein derartiges Verhalten für Deutschlands kämpferischer Elite unwürdig. Er will sich duellieren. Der Todesgefahr Aug in Aug entgegentreten.

Der zweite Fallschirmjäger Jan Kubiš steht zehn Meter weiter am Ausgang der Kurve, verdeckt durch einen Lichtmast und die herabhängenden Zweige eines Baums. Heydrich und sein Fahrer werden ihn erst einmal nicht ins Blickfeld bekommen, als er hinter dem Wagen herläuft und die panzerbrechende Granate wirft; eine Granate mit hochempfindlichem Zünder, bei der eine einzige Umdrehung genügt, um sie zur Detonation zu bringen. Der Attentäter hat nicht einmal die Möglichkeit, sie ohne Gefahr für sich selbst in Kopfhöhe zu bringen, er muss sie vor sich hin werfen und eiligst flüchten, verschätzt sich dabei und trifft nur das rechte Hinterrad. Die Explosivkraft der Bombe reicht aus, dass Karosseriesplitter und Teile der Rosshaarpolsterung die Rückenlehne durchschlagen und in Heydrichs Rücken dringen. Die Fensterscheiben der Straßenbahn gehen zu Bruch, Fahrgäste stürzen kreischend hinaus und gehen dahinter in Deckung. Zwei Uniformjacken Heydrichs werden vom Rücksitz durch die Druckwelle nach oben gerissen, verfangen sich an der Oberleitung und flattern in Zeitlupe zu Boden. Gebannt seinem Wurf nachschauend, vergisst Kubiš, sich abzuwenden und wird durch die herumfliegenden Autosplitter in der linken Gesichtshälfte und am Auge getroffen. Trotz seiner Verwundung steht Heydrich noch einmal auf und zielt auf die fliehenden Attentäter. Es löst sich zum zweiten Mal kein Schuss. In seinem sportlichen Höhenflug hat er kein Patronenmagazin in die Pistole gesteckt. Entgegen den offiziellen Nachrufen wird die Kripo bei der Sicherung des Tatorts nur die englischen Patronenhülsen aus den Waffen der Attentäter vorfinden.

Jan Kubiš: Sobald er wieder etwas sehen kann, rennt er über die Straße, kämpft sich mit Hilfe von Warnschüssen den Weg durch die gaffenden Fahrgäste, schnappt sein Fahrrad und fährt in Richtung der Altstadt von Lieben davon. Die blutende linke Gesichtshälfte hält er durch ein Taschentuch verdeckt, ein auffälliges Merkmal wodurch mit Hilfe von Augenzeugen sein Fluchtweg zu rekonstruieren sein wird.

Gabčík Valčík Kubiš. *Operation Anthropoid.* Anthropoid ist Heydrich.

Valčík hat den Rasierspiegel eingesteckt und will sich davon überzeugen, was in der Kurve los ist. Er schwingt sich aufs Fahrrad und fährt herunter, versäumt es jedoch, Heydrich den Fangschuss zu geben. Dafür geht seine Pistole zur falschen Zeit los, und er schießt sich selbst in den Oberschenkel.

Der SS-Oberscharführer Johannes Klein: hat keinen Schäferhund im Rang eines Zugwachtmeisters neben sich auf dem Beifahrersitz. Dem Gabčík, der seine Maschinenpistole entnervt zu Boden wirft, muss er persönlich nachsetzen. Seine große Walther-Armeepistole funktioniert ebenfalls nicht, weil er vergessen hat zu entsichern. Der SS-Mann will den kleinen Attentäter mit bloßen Händen fassen. Gabčík geht von Mast zu Mast in Deckung und schießt zurück. Zwei Straßen weiter flüchtet er in eine Metzgerei, legt ein neues Magazin in die Pistole ein und will durch eine Hintertür entkommen, nur dass der Souterrainladen eben keine Hintertür hat. Als der bullige SS-Mann angehechelt kommt, weist ihn der Metzger František Brauner, ein Nazi-Sympathisant – *nomen est omen* – zu dem Flüchtigen hin. Notgedrungen läuft Gabčík auf den unbewaffneten Klein zu und schießt ihn ins Bein. Im Krankenhaus *Na Bulovce* wird später eine Fraktur des Oberschenkelknochens festgestellt. Klein sinkt zu Boden, Gabčík rennt planlos fort und gewinnt über die Trojabrücke das andere Moldauufer. Der hilflose Heydrich liegt derweil bäuchlings auf dem Kühler seines Mercedes-Benz.

Abb. 674a und b

Autoerotischer Unglücksfall; Erhängungstod

Ein 50jähriger Gutsverwalter wurde ein Jahr vermisst. In einer einsamen Waldlichtung hingen an den Zweigen einer Kiefer in 2,9 m Höhe zusammengeknotete Stricke, Filzstreifen und Gummibänder. Unter der Kiefer lag ein Skelett. Gegenüber, 4 m entfernt, stand auf einem Stativ eine mit einem Tuch bedeckte Voigtländerkamera, und ein Fahrrad mit sorgfältig darübergelegten Kleidern des Betreffenden. Die nach einem Jahr entwickelte Agfaplatte ergab, dass er vermittels des Selbstauslösers seine eigene Erhängung fotografiert hatte. In seiner Brieftasche hatte er mehrere Fotos, die ihn ebenfalls nackt an einem Baum in einer Erhängungssituation darstellten.

Abb. 684a bis d
Selbsttötung durch Elektrizität bei sexuellen Manipulationen
Es handelt sich unzweifelhaft um einen Unfall während einer autoerotischen Handlung.

In beiden Fällen wurde von den Versicherungen ein entschädigungspflichtiger Unfalltod im Sinne der Allgemeinen Versicherungsbedingungen für Unfallversicherung (in der Bundesrepublik Deutschland AUB) anerkannt.

***

Professor Dr. med. Karl Gebhardt inspiziert die Krankenabteilung des KZ Ravensbrück beim uckermärkischen Fürstenberg an der Havel. Frauen, die entweder beim Barackenbau oder im Industriehof der Gesellschaft für Textil- und Lederverwertung mbH beschäftigt sind, sie kommen aus Deutschland-Russland-Polen-Österreich und dem ephemeren Zwittergebilde, vormals Tschechoslowakei genannt. Die mit gelben Dreiecken sind Jüdinnen, Kriminelle die mit grünen, Widerstandskämpferinnen tragen rote Dreiecke, Lesbierinnen-Prostituierte-Zigeunerinnen schwarze. Insgesamt halten sich über 8000 im Areal auf. Die Gesunden hat Dr. Gebhardt bereits draußen angeschaut, überwiegend verschlissenes Material. Die zehn entkräfteten Frauen auf den Pritschen unterscheiden sich von den Gesunden durch etwas matteren Blick mit weniger Angst darin, und eben durch ihre Anwesenheit in der Krankenabteilung. In derselben Abteilung wird auch die auf dem Gelände umherhinkende Milena Jesenská am Nierenversagen versterben, aber das ist zu diesem Zeitpunkt weder für die Welt der Germanistinnen noch für Gebhardt ein Name, für ihn stehen organisatorische Maßnahmen an. Im Zuge der Erweiterung wird man eine Baracke räumen und die Insassinnen auf die anderen Unterkünfte verteilen müssen. An den ausgewählten Rüstigen ließen sich allerhand nutzbringende Beobachtungen chirurgischer Natur anstellen. Der Sinn des Chefarztes der Heilanstalten Hohenlychen geht in Richtung experimentelle Orthopädie wie Explantation-Implantation-Transplantation. Durch Einwirkung von Vorschlaghämmern oder Eisenstangen komplizierte Trümmerbrüche herbeiführen und deren Schienung und Zusammen- beziehungsweise Nicht-Zusammenwachsen verfolgen. Nicht zu vergessen die Wundheilung bei Quetsch- Riss- und Schusswunden. Die Entnahme aus hochrassigen Schlechtgesinnten zwecks Implantation in deutsche Kriegsverletzte. Aber auch Wundinfektionen ließen sich untersuchen. Wenn die Infektion erst den Knochen befällt, entwickelt sich Osteomyelitis als eins der hartnäckigsten Leiden. Aber wir haben ja Zeit... einmal von den aktuellen Kriegsbedürfnissen abgesehen, beinahe tausend Jahre Zeit. Was vorläufig die Verpflanzung von Muskeln, Sehnen und Nerven unter den Häftlingsfrauen angeht, darum können sich nach entsprechender Einarbeitung die Herren Doktores Fischer und Stumpfegger unter aseptischen Bedingungen in Hohenlychen kümmern.

Vom Stationszimmer kommt federnden Schrittes ein schlaksiger Offizier auf den Orthopäden zu. „Heil Hitler, Herr Generalmajor! SS-Obersturmführer von Rienäcker. Ich komme mit dem Auftrag, Sie möglichst schnell nach Berlin zu geleiten."

„Nach Berlin?"

„Auf den Obergruppenführer Reinhard Heydrich ist am Vormittag ein Attentat verübt worden. Der Reichsführer SS Himmler hat angeordnet, dass Sie sich zur Behandlung nach Prag verfügen. Ich komme von Neuruppin – in Hohenlychen hat man mir am Telefon mitgeteilt, dass der Professor sich hier zu Forschungszwecken in Ravensbrück aufhalten.“ Obwohl von Rienäcker nur die vorschriftsmäßige Uniform eines SS-Obersturmführers trägt, entsprechend dem Range eines Oberleutnants der Wehrmacht, ist doch im Grad ihrer Gepflegtheit sowie in seiner schlichten Zackigkeit eine aufreizende Portion überkommener Eleganz enthalten.

„Attentat auf Heydrich? In was für einem Zustand ist er denn?“
„Ich würde empfehlen, wenn ich den Vorschlag machen darf, dass Sie sich von Berlin aus mit Professor Dick in Prag telefonisch ins Benehmen setzen. Sie werden voraussichtlich noch den Nachmittagszug um fünf Uhr sechzehn schaffen. Der Führer seinerseits hat seinen Leibarzt Morell von der Wolfsschanze mit dem Flugzeug nach Berlin fliegen lassen. Womöglich könnten sie ihn im Zug nach Prag treffen.“

„Den Stinker Morell? Ich werde lieber hinfliegen. Genau. Richten Sie es so ein, dass ich von Tempelhof aus mit Himmlers Maschine gleich losfliegen kann.“

„Zu Befehl, Herr Generalmajor. Ich werde sofort telephonieren. Wir fahren dann direkt nach Tempelhof“, antwortet von Rienäcker mit einer durchschußsicheren Lässigkeit, der keinerlei dienstlicher Verstoß anzulasten ist. Vor der Kommandatur sitzt im schwarzblauen Opel Sömmering. Sömmering ist wieder Fahrer geworden, immerhin. Er weiß nichts vom Hintergrund seines Auftrags, er fährt schlichtweg einen Offizier von Neuruppin nach Ravensbrück und zwei Offiziere von Ravensbrück nach Berlin spazieren. Bei heruntergekurbeltem Fenster pfeift er sich sein Lieblingslied: ich bin von Kopf bis Fuß... auf Liebe... eingestellt, denn das ist meine... Welt. Und sonst gar nichts!

***

Morphin

Operation *Anthropoid.* In der Vorbereitung auf den Einsatz als Fallschirmjäger erhielt der Kaminbauer Jan Kubiš von seinen britischen Ausbildern eine Fünf und beim Umgang mit Sprengstoff den Vermerk:

Langsam in Praxis und Reaktion, der Schlosser Jozef Gabčík kam auf eine schlichte Sechs, sein Verhalten wurde als unbeschwert bis kindlich charakterisiert. Sie absolvierten mehrere Sprünge aus dem Ballon und dem Flugzeug, dann wurden die beiden, mit neuen Papieren ausgestattet, am 29. Dezember 1941 von der Royal Air Force dank einem Navigationsfehler statt bei Pilsen an einem verschneiten Ort fünfzehn Kilometer östlich von Prag abgesetzt. Bei der Landung des Fallschirms verstauchte sich Gabčík den Knöchel und konnte sich mit dem geschwollenen Fuß nur humpelnd fortbewegen. Nach einer Irrfahrt über die Dörfer sollte es ihnen gelingen, bei Mitgliedern des Pilsener und später des Prager Widerstands unterzutauchen.

Morphin. 1803/1804 vom Paderborner Apothekergehilfen Friedrich Wilhelm Anton Sertürner aus Opiumsaft isoliert, und nach dem griechischen Gott des Schlafes Morpheus benannt. Mit der zweiten Veröffentlichung der Entdeckung unter dem Titel Über das Morphium gelang 1817 dem mittlerweile in Einbeck tätigen Sertürner der Durchbruch. Zur gleichen Zeit verlor er aus Konkurrenzgründen die Apothekerlizenz. Nach einigen Jahren der Unsicherheit zog er nach Hameln und übernahm die dortige RathsApotheke. Seine spätere Entdeckung einer Blei-Antimon-Legierung, die Konstruktion eines Hinterladegewehrs sowie die Lehre von der Entstehung der Cholera durch ein belebtes, sich selbst fortpflanzendes Wesen (ein halbes Jahrhundert vor der Entdeckung des Cholerabakteriums durch Robert Koch) fanden keinen Zuspruch. Die aus zunehmender Frustration resultierenden depressiven Zustände behandelte er mit Morphin, und wurde damit sein erstes Suchtopfer.

Morphin. Eine Gestalt im Zimmer auf der zweiten Etage des knapp einen Kilometer oberhalb des Attentatsorts gelegenen Krankenhauses Na Bulovce. Wird sich ganz langsam bewegen, vom Fenster weg, das zugleich kein Fenster ist, weil das Glas weißlich bestrichen. Man weiß nicht, wie lange so ein Weg von Fenster zu Tisch in Anspruch nimmt. Wird sich in Uniform auf die Tischplatte setzen. Uniform bedeutet natürlich SS-Uniform. Weiterhin verwaschene Gestalt, selbst die beiden SS-Blitze am Revers nicht zu erkennen, vielleicht gar nicht vorhanden. Dann erneut ein Riss, ein langer Traum womöglich der zugleich Erinnerung sein wird, ein wild zerfaserter, entgegen dem Willen des Führers unternommener Kampfflug am Steuer eines Messerschmitt (Me) 109-Jägers, der Absturz hinter der russischen Frontlinie, das Wissen darum, dass er sich unweigerlich zu den eigenen Verbänden durchschlagen wird. Dahinein die Oper »Amen« seines freimaurerischen Vaters Richard Bruno, Wagnerianische Klänge zum unverständlichen Abwärtstrudeln. Wenn er die Augen wieder öffnet, wird die Gestalt immer noch auf der Tischkante verrutschen, womöglich ist gerade mal eine halbe Minute vergangen. Pannwitz. Zweifelsohne Heinz Pannwitz, Leiter des Referats II.G in der Gestapoleitstelle Prag, Sachgebiet Attentate illegaler Waffenbesitz Sabotage, somit für die Sicherheit des stellvertretenden Reichsprotektors verantwortlich. „Pannwitz?"

„Ja?" Der Mann wird von der Tischkante abgleiten, jedoch schief zum Bett und restlichen Raum stehen bleiben: „Wie fühlen Sie sich, Herr Obergruppenführer?"

„Ich? Welchen Tag haben wir heute?"

„Den achtundzwanzigsten. Mai, den achtundzwanzigsten Mai. Halb sieben."

„Halb sieben morgens oder abends?"

„Abends. Sie haben über vierundzwanzig Stunden geschlafen. Nach der zweiten Operation. Wir haben die Fensterscheiben anstreichen lassen, damit von außen keine Scharfschützen hereinschauen können."

„So. Sind wir von tschechischen Scharfschützen umzingelt?"

„Sie sind im Arbeitszimmer von Professor Dr. Walter Dick, der Sie operiert hat. Ich habe die gesamte Etage leerräumen lassen." Auf dem Flur werden Schritte von mehreren Paaren Soldatenstiefel vorbeidonnern. „SS-Wachmannschaft. Wir haben das Ärztekasino zur Kaserne umgewandelt. Die Klinik habe ich durch eine Kolonne Panzer abriegeln lassen, vom Dach bestreichen Maschinengewehre die Umgebung."

„Vielen Dank aber auch!"

„Als ich gestern in dem böhmischen Durcheinander in die chirurgische Ambulanz gelangt bin, da saßen Sie mutterseelenallein auf dem Operationstisch und hielten sich einen Eisbeutel an die Stirn, die kugelsichere Weste vorne um den Brustkorb geschnallt, im Rücken zwei dicke blutende Wunden. Es hätte sonst jemand zu Ihnen gelangen können." Erstmalig wird Pannwitz zu seinem Chef ohne Hintergedanken an Fallstricke und gruben reden, und durch den Informationsvorsprung sogar eine Art Überlegenheit verspüren, vor allem aber durch Heydrichs Lage als Patient. Im ursprünglichen Beruf studierter Theologe, ist der Kommissar jetzt bei dem nach jesuitischem Vorbild strukturierten Orden der SS angekommen. „Der Führer hat eine Million Reichsmark Belohnung für Hinweise auf die Attentäter ausgesetzt. Als erstes sind zehntausend Tschechen zu verhaften und mit sämtlichen vorrätigen politischen Häftlingen hinzurichten."

„Das wird lediglich die Rüstungsproduktion gefährden... und die Tschechen zu einem allgemeinen Aufstand provozieren. Ich kenne meine Tschechen. War Lina hier?"

„Außerdem soll der Führer in den übelsten Ausdrücken geschimpft haben, dass Sie sich von keiner Sicherheitseskorte haben begleiten lassen. Ich hatte es Ihnen auch wiederholt gesagt! Das wird je nach Ausgang auf mich zurückfallen."

Eskorte. Heydrich liegt auf einem Lieferwagen unter lauter Bohnerwachsschachteln, bäuchlings wegen seiner Rückenverletzungen wird er zum zweiten Mal – für jede Wunde einmal – vom angeblich kein Deutsch verstehenden Fahrer durch die Schicksalskurve am Ort des Anschlags gekarrt. Unter ihm liegt Lina etwa? Nein, der Canaris, nein, Bormann, nein – Goebbels der Pferdefuß. Hess kann es nicht sein, wo der voriges Jahr in geistiger Umnachtung nach England geflohen ist, ebenfalls mit einem Militärflugzeug, der Messerschmitt 110. Er, der Reini Heydrich, drückt diesen Bormann gegen die Ladefläche, mag der sich wie gewohnt links und rechts winden wie nur er das zuwege bringt. Bormanns Plauze als die eines Olympiaringers, der, von der Riefenstahl gefilmt, in Rückenlage auf Schultern und Fersen mit letzter Anstrengung eine Brücke macht, um nicht vom Ringrichter ausgezählt zu werden. Das sind die eigentlichen Feinde, die es niederzuringen gilt, damit sie unsereins nicht weiter vor dem Führer schlechtmachen. Nicht die Polen, nicht die Russen oder gar die piekfeinen Engländer, alles nur Geplänkel, und nicht einmal die tschechischen Schwejks von Háchas und Krejčís Regierung, die im Vorzimmer auf dem Hradschin gesenkten Blickes den Hitlergruß einüben. Zum Glück gibt es den Gift- und Munitionsschrank, vollgestopft mit Aktenmaterial betreffs der Partei- und NS-Nobilität, über jeden und alle. Der Reichssportsführer mit seiner Krüppelpratze, warum fällt der einem jetzt ausgerechnet auch noch ein, der nicht den Schimmer von einem Gegner darstellt?

Morphin. Beim nächsten Aufwachen wird der hässliche Gestapo-Müller auf der Bettkante sitzen, die viereckigen Griffel ins Oberbett verkrallt. Immerhin werden keine Mädchen und vor allem keine Blondinen anwesend sein. „Professor Gebhardt ist hier, und auch Reichsführer-SS Heinrich Himmler. Professor Gebhardt ist Himmlers Jugendfreund, wussten Sie das?"

„Gebhardt? Heilanstalten Hohenlychen... sicher. Trude Steckels Untersuchungsbefund, alles drin. Professor Karl Gebhardt – aber operiert hat mich ja Prof. Dick...".

„Stimmt, mit Professor Hohlbaum von der Klinik am Karlsplatz. Die haben wir beide ausgeschlossen, reine Vorsichtsmaßnahme von Pannwitz. Weil, der Professor Dick nämlich ist nur Prager Deutscher, kein wirklicher Reichsdeutscher. Nach alldem, was passiert ist..."

„Und Lina? Ist Lina hier gewesen? Und die Kinder? Weiß ich nicht... nee, die Kinder sollen wegbleiben. Hören Sie, wissen Sie noch nicht mal, ob meine Frau da gewesen ist, wozu gibt´s da die Gestapo...", wird sich Heydrich in der stabilen Seitenlage aufstützen, den reißenden Schmerz im Lendenbereich ignorierend.

„Es gibt ja die Besucherlisten... von wann bis wann... dazu werden sie geführt."

„Pannwitz ist tüchtig. Er geht die ganze Angelegenheit theologisch an. Rufen Sie sofort Pannwitz!"

„Pannwitz hat den pfaffenmäßigen Verfolgungswahn, hat die ganze Klinik in eine Festung umgewandelt. Draußen ist das Standrecht ausgerufen worden. Zweieinhalb Tausend unserer Leute durchkämmen Tag und Nacht die Wohnhäuser. Goebbels hat in Berlin zweihundertzweiundfünfzig Juden hinrichten lassen. Weitere will er in den Konzentrationslagern umbringen. Baldur von Schirach fordert von Wien aus die sofortige Zerstörung einer geschichtsträchtigen englischen Stadt."

„Ach, der abgehalfterte Reichsjugendliche, was will der denn auf einmal! Der soll sich Creme gegen Falten besorgen oder noch mehr Speck anfressen..."

„Ob das alles richtig gewesen ist mit den Vergeltungsmaßnahmen... Wenn es hier in der Resttschechei den Bach runtergeht, wird man nach Russland gehen müssen, von denen können wir noch was lernen. Wie sie den Marschall Tuchatschewski mit der halben eigenen Armeeführung abgekragelt haben, das muss man ihnen erstmal nachmachen! Dagegen unsere degenerierte Generalität, die Hälfte davon entweder alte Junker oder verwestlicht, die dekadenten Intelligenzler Schellenberg inklusive..."

Pannwitz wird hereinkommen. „Herr Obergruppenführer, wie geht´s jetzt?"

„Unser GestapoMüller begeht gerade Hochverrat. Meinetwegen Hoch-ver-rat", wird sich Heydrich etappenweise im Bett von der Seite auf den Bauch drehen, auf die Operationswunde um den Nabel herum. „War Lina da?"

Pannwitz wird Blicke mit Müller wechseln: ob das bereits als Agonie zu deuten sei? „Ihre Frau Gemahlin war vorhin kurz da. Sie sollen die Augen halb geöffnet und ein bisschen gepliert haben, aber gleich wieder zugemacht. Sie traute sich nicht, Sie anzufassen, wegen der Schmerzen wohl, hat sie jedenfalls gesagt."

„Was haben wir heute für einen Tag?", wird Heydrich dazwischen fragen, und sich dabei wie ein Kind fühlen, das gerade die Mandeln rausoperiert bekommen hat.

„Montag den neunundzwanzigsten. Gestern war Sonntag. Sie sind vorgestern gleich nachoperiert worden. Professor Dick... ich weiß nicht woran Sie sich noch erinnern können..."

„Und der OP-Bericht? Ich will sofort den Bericht lesen!", wird Heydrich auf dem Bauch liegend... anordnen. „Die Akte!"

„Als Sie hier ins Haus hineintransportiert wurden, trug Ihnen irgend so ein tschechischer Zivilist die geöffnete Tasche mit dem geheimen Rapport an den Führer hinterher. Man hat Prof. Hohlbaum aus der deutschen Klinik am Karlovo náměstí, Karlsplatz, geholt, aber der hatte in der Aufregung seine Brille vergessen, also übernahm Professor Dick die Operation. Die zerfetzte Milz ist entfernt worden, darin steckten ein Bombensplitter von 8 x 8 cm und ein Stück Filz aus der Sitzpolsterung. Der Riss im Zwerchfell ist genäht worden."

Jesuit. Pfaffenseelen gehen mit Krankheit versierter um. Heydrich wird sich anders aufgehoben fühlen als gegenüber dem selbstbezogenen Hochverräter Müller, der einem nicht einmal das Kissen aufschüttelt. „Ein sauberer Schnitt... Da liegt ein sauberer Schnitt an, in Bezug auf das Tschechengesindel. Ich hab da seit langem diese Erwartung gehabt... dass es mich noch jung erwischt...

Ja, die Welt ist nur ein Leierkasten
den unser Herrgott selber dreht.
Jeder muss nach dem Liede tanzen
das gerade auf der Walze steht.

Wissen Sie noch? Wallenstein-Palais am Freitag, wenn Sie da mal richtig zugehört haben, das ist aus der Oper Amen meines Vaters. Nee, brauchen sich nicht zu erinnern, die ist da nicht gespielt worden, aber dafür das Klavierquintett! Bis jetzt war ich derjenige, der die Walze zumindest einlegt, und da auf einmal... Sie sind doch Theologe, Pannwitz, nicht?"

„Im früheren Leben, das ist jetzt gründlichst vorbei, Herr Obergruppenführer. Will ich hoffen." Ob der Heydrich seine neueste Schlinge um ihn, Pannwitz, anlegt? Der Jude der Freimaurer der politische Geistliche – die hergebrachten Feinde unserer nationalsozialistischen Idee...

„Ich bin wie eine Katze. Falle immer auf die Füße. Da hab ich diesen Absturz des Jagdfliegers hinter der russischen Linie überstanden und nun... so eine tschechische Eselei. Das einzelne Leben hat nur untergeordneten Wert, selbst das meine. Ja, jeder muss nach dem Liede tanzen... Was spielt es dereinst für eine Rolle, ob zu einem x-beliebigen Zeitpunkt ein xbeliebiges Fräulein Meier glücklich gewesen ist? Nicht auf das eigene Glück kommt es an, sondern darauf, ob wir als Ganzes unser Ziel erreichen oder nicht."

„Amen."

„Und – haben Sie schon jemanden? Freimaurer und Engländer waren bestimmt dabei. Womöglich englische Freimaurer."

„Wir haben die Täterbeschreibung per Rundfunk und Zeitungen veröffentlicht. Die am Tatort achtlos hinterlassenen Gegenstände: ein Damenfahrrad, die englische Maschinenpistole vom Typ Sten Gun Mk II FF, weiter noch... ein Regenmantel. Alles ausgestellt in der Anlage von Baťa-Schuhhaus am Wenzelsplatz. Kann sich dort jeder anschauen."

„Diese Tschechen verkriechen sich in ihren Nestern und Kellerlöchern, für Jahre... ich kenne meine Tschechen. Man muss sie flächendeckend ausrotten, das wird am besten für sie sein. Den deutschen Lebensraum erweitern. Schon Geiseln gemacht? Aus allen Lebensbereichen, Theater, Musik, Technik, Handwerk... Journalisten vor allem. Geiseln. Hochrassig, aber böswillig...", wird der Patient, von einer Schmerzattacke überkommen, ins Kissen beißen.

„Es soll einen langwährenden furchterregenden Schusswechsel gegeben haben? Berichten einige Zeugen", wird der abservierte GestapoMüller sich aus dem Hintergrund zu Wort melden.

„Schusswechsel? Ja, so was meinetwegen... Schusswechsel...", wird der Patient brummen.

„Befehlen Sie noch weitere Maßnahmen?" Das Brummen wird verstummen. Heydrich wird das auf einmal wieder irgendwie... egal sein, eine ganz und gar neue Erfahrung. Ja, die Welt ist ein Leierkasten... „10 Millionen Kronen... immerhin... sind für sachdienliche Hinweise ausgeschrieben...", wird Müller ihm zureden...

„Bin ich nicht mehr als 10 Millionen wert? Man muss aufstocken!"

„10 Millionen Kronen, das sind 1 Million Reichsmark", wird Pannwitz sich achselzuckend dem Gestapo-Müller zuwenden. „1.000.000,- Reichsmark."

„Müller schreibt mich schon ab. Er kennt den Wechselkurs nicht. So schnell geht das." Der Obergruppenführer wird sich hochstemmen, als wolle er sich ganz in die Senkrechte aufrichten, wird auf halbem Wege darauf verzichten und auf die Ellbogen gestützt bleiben.

„In Prag und in anderen Großstädten werden bald über 10.000,- Menschen verhaftet sein. Auf dem Land: 5.000,- Dörfer durchkämmt und 650,- Menschen erschossen. Im Pankratz-Gefängnis in Prag werden 1.700,- im Gefängnis von Brünn 1.300,- Tschechen sofort umgebracht, darunter 200,- Frauen", wird der entlaufene Theologe Pannwitz wider besseres Wissen um den Sinn der Aktionen in einschmeichelndem Ton auf den Patienten einreden.

Der frühere Münchner Bolschewisten-Experte Müller, die Hand mit den unappetitlichen eckigen Fingernägeln an die schweißige Schulter legend, Heydrich wird das abwehren, bald schon ärgerlich, wenn nicht mit einem Aufschluchzen ins Kissen. So dass dem Gestapo-Direktor nichts übrigbleiben wird, als nach der Schwester zu läuten. Des Müllers unerträglich grummeliger Bariton: „Geht alles seinen Gang. 1.700,- in Prag und 1.300,- in Brünn, da haben wir allein 3,000,-. Karl-Herrmann Frank hat kommissarisch die Geschäfte im Protektorat übernommen. Kümmert sich drum."

„Frank? Der verrunzelte Kleinstadtbuchhändler von Karlsbad. Trinkkur in Karlsbad, mit der Schnabeltasse auf der Promenade. Der kann nur ohne Ziel und Verstand großflächigen Terror verbreiten, keine Unterscheidung, welche Hinrichtung den sinnfälligen pädagogischen Effekt hat. Nur 10.000.000,- Kronen und 3.000,- Tschechen bin ich wert, 3.650,- die Landbevölkerung eingerechnet, davon nur 200,- Frauen. Ich will, dass... ich will aber, dass... Nur 200,- Frauen! Vorausgesetzt, dass unter den 650,- keine Frauen vertreten waren. Da hat sich der Buchhändler Frank von vornherein Hoffnungen auf meinen Posten als stellvertretender Reichsprotektor gemacht. Was für ein Gesicht der machte mit seinem Magengeschwür, wo er nur mein Staatssekretär geworden ist... sollte nur noch Mattoniwasser trinken..." Schwester Ingrid wird in der Tür erscheinen, reichsdeutsch, sehniges Gesicht mit einem missbilligenden Zug. Man soll sich eben keinen Attentaten aussetzen. Der Patient wird sich von ihr das sabberige Kopfkissen ausschütteln-beziehen-aufklopfen lassen, wird sie am Handgelenk festhalten: „Schwester, was halten Sie von mir? Von meinem Zustand? Was sagen die Doktoren?"

„Es ist alles auf den Weg gebracht... Sie bekommen Sulfonamide und Bluttransfusionen gegen die Blutvergiftung", wird die Schwester behutsam die spinnendünnen Finger des Patienten aufbiegen.

„Die wollen lediglich zweihundert Frauen für mich umlegen! Geh Mädel... Ich könnte dich... sonst was! Wenn ich mich bloß auf den Rücken drehen könnte. Wo ist der Professor Gebhardt abgeblieben?"

„Der ist mit seinem Schulfreund Himmler zu *U Fleků* essen", wird Müller raunen, der einstige Weggefährte der Streifzüge zum Salon Kitty, eine ruhigstellende Gangart einschlagend. Sozusagen Brom in den Tee beimischend.

„Ohne mich wird der ganze Bau zusammenklappen... und der Führer kränkelt ja auch. Der Freßsack Morell, zweiundachtzig Medikamente jagt er in den Führer hinein, das meiste in die Vene, hab mir die Liste kommen lassen. Der macht den Führer erst recht krank. Einschließlich Testosteronspritzen, wenn ein Schäferstündchen mit Eva Braun ansteht. Wenn der Führer ernsthaft ausfallen sollte... und ich totgehe, da bleibt der pfannkuchige Intrigant Bormann, der das letzte Mal mit dem Führer aus dem Bunker gekommen ist, nicht mal gegrüßt haben sie mich... weiß Gott was der dem Führer eingeflüstert hat. Da befiel mich so eine Todesahnung, hier ums Brustbein herum. Jemand von der obersten Riege hat dieses notwendige Opfer auf sich nehmen müssen. Was meinen Sie, Heinz Pannwitz?"

„Es sind zweitausend Anzeigen eingegangen, die meisten natürlich anonym. Unsere Gestapo kann dem gar nicht nachkommen. Wir haben die Prager strengstens zu größerer Genauigkeit ihrer Angaben aufgefordert. Viele schwärzen missliebige Nachbarn und Kollegen an oder foppen schlechterdings die Polizei."

Schlechterdings. Ich kenne meine Tschechen... Die sind keinen Deut besser als... als die Deutschen. Reinhard Tristan Heydrich, geboren 7. März 1904 in Halle/ Saale, katholisch, Vater Richard Bruno Heydrich – Opernsänger, Komponist und Musikschuldirektor, Mitglied der Loge *Zu den drei Degen*, Mutter Elisabeth geborene Kranz, Hausfrau, katholisch. Ab März 1922 Kadett der Marine, Juli 1928 Oberleutnant zur See, April 1931 wegen eines gebrochenen Heiratsversprechens unehrenhaft aus der Armee entlassen. Zuletzt wohnhaft *Panenské Břežany*/Jungfernbreschan, Schloss. Strabismus convergens, Verdacht auf Marfan-Syndrom. Multiple Verletzungen mit Zwerchfellriss und Zerstörung der Milz durch Granatsplitter und Rosshaare mit nachfolgender Sepsis.

18

Schlamm*. Nein, ich war nie und nimmer im Knast gewesen. Arbeitsdienst schon, musste ja jeder, so gut wie. Wieso unter Vormundschaft gestellt, was soll das wieder heißen? Neinnein, bin nie in Russland gewesen, war doch ab neunzehneinundvierzig wo Mutter starb wieder bei meinen Eltern, also bei Vater gemeldet.*

Im Schlamm sein. Steckels Drang nach Osten. Trude Steckel watet in Russland durch Schlamm und Morast, was sich Straßen und Wege nennt. „Voran, voran!“, wird ihm zugerufen, wird zugerufen denjenigen die hören können,

man muss bei Bombenexplosionen die Ohren ordentlich zuhalten damit das Trommelfell nicht platzt, manche hören nur noch einen einzigen schrillen Ton, das Pfeifen des feindlichen Tinnitus. Schlamm der sich zu einem bräunlich irrlichternden Moor vertiefen wird. Wer bist du, Steckel Heinrich Trude?

***

Morphin II. Eine Etage unter dem Arbeitszimmer Professor Dicks wird die reichsdeutsche Ingrid ihre deutschprager Kollegin Lenka vorm Medikamentenschrank antreffen. Bislang hat es zwischen den beiden keinen übertriebenen Kontakt gegeben, zumal die Lenka sich nicht entblödet, mit Doktor Honek tschechisch zu sprechen, demselben der ja die Narkose bei der Operation des Gruppenführers durchführte. So etwas wie Beinahe-Tschechin also, die Natur lässt sich nicht einfach abstreifen. Namentlich hatten die beiden sich über die Vorräte an Morphium unterhalten, die nachgefüllt werden müssten, soweit vermochte die Ingrid immerhin deren Gespräch zu folgen. Auch jetzt wird Lenka vor dem Giftschrank stehen: „Hast du Doktor Morell gesehen?“

„Ist mir gerade entgegengekommen, was ist mit dem?“

„Nichts ist mit dem! Er hat mich ausgefragt, ob die Sulfonamidbehandlung gleich am ersten Tag angesetzt worden ist.“

„Gibt es da Zweifel?“

„Nein... Er hat bloß so mit den Schultern gezuckt. Dr. Morell ist der Leibarzt des Führers, nicht? Wenn ich das nur sagen darf... er riecht so streng. Als ob er sich nie waschen würde“, verlautet die Lenka mit bedenklicher Unbekümmertheit. Der böhmische Schlendrian kann auch seinen Charme haben. „Er kam so nah an mich ran, als er das Morphin für Heydrich aus dem Schrank genommen hat."

„Er schwitzt halt stark unter den Achseln, das ist alles."

„Na gut, er hat so ein gutmütiges Gesicht. Wie soll ich sagen... Und der Professor Gebhardt..."

„Was gibt´s mit Professor Gebhardt nun wieder?"

„Ich meine bloß – Professor Gebhardt ist doch nur der Leibarzt von Himmler, nicht?"

Ingrid wird sich Schulter an Schulter neben Lenka vor den Giftschrank stellen: „Da sind wirklich Unmengen an Morphin rausgenommen. Das kann er unmöglich dem Heydrich verpasst haben. Selbst dem Heydrich nicht. Sag – da könnten wir noch Probleme mit kriegen..."

Dr. med. Theodor Gilbert Morell im grauen Anzug, mit gleichbleibend morphinistisch enggestellten Pupillen in einem Gesicht von gutmütiger Grobschlächtigkeit. Vordem Inhaber einer urologischen Praxis am Kurfürstendamm. Besitzt in Hamburg und im mährischen Olmütz Fabriken zur Herstellung von Hormon- und Vitaminpräparaten sowie von Äther. Außerdem beliefert er die Wehrmacht mit selbstentwickeltem Entlausungspulver. Äther hat seinen eigenen Geruch. „Morell ist nicht zum Beriechen da, sondern um mich gesund zu halten", verteidigt Hitler seinen Leibarzt. Er ordnet dem Außenminister Joachim von Ribbentrop, dem stellvertretenden Leiter der NSDAP Rudolf Heß, dem Generalbauinspektor Albert Speer sowie den Mitgliedern der Wagner-Familie in Bayreuth an, sich gegen deren Willen von Morell behandeln zu lasen. Das Bestechende an Morell ist, dass der Führer sich bei ihm nie wirklich entkleiden muss. Der *Reichsspritzenmeister* schlägt dem Führer keine Pille und vor allem keine Spritze ab, gegen – oder für – jedes Zwicken gibt es ein Medikament, achtundzwanzig am Tag... und alles zwingend logisch begründet.

19

Die Büste

„Jawohl, die Büste, nach der Sie sich am Telefon erkundigt haben – ich habe sie einschließlich der Zeichnungen heraussuchen lassen. Die ganzen Skulpturen und das komplette Gerät und Material sind mit rübergeschafft worden. So ein Umzug wirbelt ja alles durcheinander."

„Großartig, Professor, also Sie haben sich mit dem Atelier wirklich verbessert. Wir haben's ja vor drei Wochen in der Wochenschau angesehen, bezüglich von dem Eröffnungsfest, aber wenn man das in Wirklichkeit erlebt, ist das doch noch ein paar Nummern geräumiger... Und was die Adresse betrifft: Am Käuzchenstieg, das kommt als netter kleiner Scherz auch noch hinzu... nicht, Professor?"

„Am Käuzchen-Steig, mit Bindestrich! Käuzchensteig 8-12. 8 bis 12 mit Bindestrich. Mindestens so groß wie das Atelier von Thorak in Baldham sollte es schon werden. Für mich hat's der Hans Freese entworfen, und für Thorak eben der Speer. Tja, der Speer... Mein Gelände hat die Stadt auf persönlichen Wunsch des Führers zur Verfügung stellen und im gleichen Zuge dazu abholzen lassen."

„Nicht wahr, Pfannkuche?", wendet sich der Gestapo-Müller an den zum Sturmbannführer beförderten Ex-Buchhalter Pfannkuche.

„Schon richtiggehend hell hier", rümpft Pfannkuche kennerisch die Nase. Müller hat ihn bei seinem Ausflug über die Stadtgrenze als Kulturreferenten mitgenommen. Pfannkuche gibt es nämlich nicht einmal, sondern gleich doppelt – dessen eineiiger Zwillingsbruder arbeitet als Museumswärter im Dresdner Grünen Gewölbe.

„Licht war mir sehr wichtig. Die Zeit ist heroisch, eher verdichtet sich die Zeit selbst zur Skulptur, als dass es die Zeit für Skulpturen wäre, wobei es sich in der Bildhauerei verhält wie auf dem Theater: der eigentliche Moment der Größe ereignet sich vor dem Losschlagen selbst, dieses Ereignisschwangere, das sich wie vor dem Hochgehen des

Vorhangs in der Haltung und dem Muskelspiel unter der Haut spiegelt. Das Ansetzen zum Sprung ist dramatischer als der Sprung, finden Sie nicht auch, meine Herrschaften?“ Arno Breker steht zwischen lauter nackten Athleten und Kriegergestalten, zwischen den jeglicher lästiger Menschlichkeit entkleideten Athleten-Kriegern-Nazigrößen die seine Skulpturen Porträts Torsi Friese bevölkern, neigt den Kopf etwas mehr nach links und lächelt verbindlich: „Womit kann ich sonst dienen?“ Pfannkuche drapiert seine Haare über die Kopfhaut und wischt sich die Nase mit dem Handrücken ab. Eigentlich ist sein Bruder nicht direkt Museumswärter, sondern in der Museumsgarderobe beschäftigt. Brekers Lächeln verflüchtigt sich zu einem Ausdruck undurchsichtiger Aufmerksamkeit. „Und wie geht es Heydrich?“

„Dem stellvertretenden Reichsprotektor... geht besser. Ist eine Kämpfernatur. Sulfonamide von Professor Gebhardt haben geholfen... die Briten haben ihr Penicillin, wir haben Sulfonamide, ja, Sulfonamide sind das deutsche Penicillin.“ Müller biegt die Finger beider Hände durch, bis sie der Reihe nach ein Knacken von sich geben.

„Das ist ja sehr erfreulich.“ Der Bildhauer stützt sich auf den Rohling oder Findling, der Heydrichs Porträt hatte werden sollen. „Sehr erfreulich. Das habe ich damals genauso wahrgenommen: eine Kämpfernatur. Nicht so einfach darzustellen. Allerdings weiß ich in dem Fall nicht genau, was die Herrschaften von mir erwarten.“ Hoffentlich wird der verkniffene GestapoMüller keine eigene Büste haben wollen.

„Herr Professor, Sie haben damals die Büste doch angefangen...“

„Die Büste, die Büste, kommen Sie mit... Das ist sie ja – vor Ihnen!“

„Ach so – das ist sie... so, ja... gut... offenbar nicht fertig geworden. Der Obergruppenführer hat wohl zu wenig Zeit gehabt? Er hat sich immer aufgeopfert, auch die Abende durchgemacht... will sagen in Arbeitszeit umgewandelt egal an welchem Ort er sich befand, bis in die Nacht hinein. Aber der Entwurf ist vorhanden?, stimmt, das ist der Entwurf...“

„Haben Sie vielleicht eine Zeichnung... ich meine... Skizze davon?

Wie es am Ende werden soll?", fragt Pfannkuche vorsichtig, will er sich nicht zu weit zum Fenster hinauslehnen.

„Tja, sie müsste irgendwie asketischer, entschlossener, denkerischer daherkommen – wie Ihr Hitlerporträt eben. Auch der Führer ist mit Verlaub eine Spur anders dargestellt als in Wirklichkeit. Will meinen, Sie haben sozusagen die Essenz des Führertums erfasst, schlanker, gradliniger... hat der Pfannkuche so gesagt, nicht, Pfannkuche?", wendet sich Müller an seinen Plumpsack von Kulturreferenten, der sich nicht einmal das rohe Objekt anzufassen getraut. „Und dadurch würde man auch mehr den Opfergang für die deutsche Nation betonen, den der Gruppenführer angetreten ist. Hat es auf sich genommen... das hat er mir persönlich auf dem Krankenbett gesagt... Auf dem Bauch liegend."

„Denkerisch?" Schon wieder lächelnd trommelt Breker mit den Fingern auf den Stein.

„Was wollen Sie damit sagen!?", hakt Pfannkuche irritierter nach.

„Ich will mit Verlaub nur verstehen, was Sie eigentlich von mir verlangen! Ich habe achtzig Meter Relieffriese für die Nord-Süd-Achse der künftigen Hauptstadt Germania zu bildhauern, für den Großen Triumphbogen und den Führerbau, erschwerend dazu ist die Hälfte meiner Studenten an die Front verschickt worden, und von den angestellten Bildhauern hat man einige daheim nicht für kriegswichtig genug gehalten, einer ist mir im Winter vor Moskau gefallen, dem anderen sind die Hände abgefroren... Kran, Hebebühne, Gleisanschluss, Marmorblöcke, alles steht parat... nur gestalten muss mir eben irgendjemand, ich kann nicht alles alleine schaffen!"

„Na ja, Sie verstehen schon, Professor – es gibt ja diese Statue, der Denker...", brummelt Müller begütigend. „Das hat der Pfannkuche gestern so erzählt... Deshalb meinte ich: denkerisch. Das wäre schon mal eine Richtung..."

„Meinen Sie die Statue von Rodin? So rum, das Gesicht zu Boden, das Kinn im Handteller... überm Höllentor, meinen Sie das?"

„Jetzt reden Sie mir nicht so was: Gesicht zu Boden... Höllenpforte! Verstehen Sie, das ist nur für den Fall des Falles, wenn der unwahrscheinlicherweise eintreten sollte. Möglicherweise wird halt eine Büste gebraucht. Mö-gli-cher-weise. Es sind die besten Ärzte dabei, lauter Leibärzte und Professoren. Ich habe mir die Kurve in Prag-Lieben persönlich angeschaut, wo das Attentat stattgefunden hat. Genau dort sollte sie aufgestellt werden, damit sich die Vorbeigehenden davor verneigen, und überhaupt die gesamten Tschechen, mit der Regierung und dem Erzbischof von Prag vorneweg. Bis hin zum letzten Großmütterchen. Die Prager können den Anfang machen... dann die Schulkinder, können das schon mal üben. Mit einer ständigen SS-Ehrenwache flankiert. Selbstverständlich nur für den Fall des Falles..."

„Für den Fall vom Ableben des Obergruppenführers", ergänzt der Kulturreferent Pfannkuche seinen Chef.

„Wir könnten bei Thorak nachfragen, oder bei Kolbe, wenn Sie zu sehr beschäftigt sind", schlägt Müller vor. „Ich meine – der Professor Rotter von der Prager Kunstgewerbeschule dürfte schon mal die Totenmaske abnehmen, daran soll es nicht scheitern..."

„Bei aller Achtung, nicht bei Josef Thorak! Ich... ich glaube, ich muss mit der Büste neu anfangen. Ich mache ihn aus dunklem Basalt. Dann wirkt er schlanker... Haben Sie ein aktuelles Photo von Heydrich? Ich glaube, ich hatte damals noch eine andere Skizze..."

„Basalt? Dann wird er schwarz?", erkundigt sich Pfannkuche.

„Ja, wenn Sie so wollen. Er hatte ein auffallend schmales Gesicht. Das hatte etwas Leidendes. Das wird durch das Schwarze ja betont. »Himmlers Hirn heißt Heydrich«, lautet mit Verlaub doch der Spruch: also gerade in diesem schmalen Kopf ein scharf kombinierendes Hirn... So könnte man das Denkerische auch auffassen! Dazu bräuchte ich eine aktuelle Abbildung. Ich meine – Photographie. Von mir aus darf Ihr Herr Rotter ruhig schon mal die Totenmaske abnehmen... Von wegen der Thorax-Thorak mit seinen Athleten! Neinnein, so etwas kann nur ich machen. Den Heydrich verändern, damit er sich noch ähnlicher wird. Streng asketisch muss er daherkommen, einer der das Leiden des deutschen Volkes für die große Sache auf sich genommen hat."

„So wie Ihre Büsten des Führers – auch dort schlanker, asketischer..."

„Mein Heydrich-Kenotaph wird noch asketischer sein als die Hitler-Büste."

***

Am 10. Juni 1942 werden unter der persönlichen Leitung Karl-Hermann Franks exemplarisch die Männer von Lidice zusammengetrieben und nach letzter Ölung durch den dreiundsiebzigjährigen Dorfpfarrer Josef Štemberk, der aus freiem Entschluss mit in den Tod gehen wird, in Zehnergruppen erschossen. 184,- überlebende Frauen nach Ravensbrück deportiert, einige Schwangere vorher zur Entbindung nach Prag verbracht. Ihre Aktion halten die Deutschen auf Celluloid fest, der Film erhält die Bezeichnung Dokument 379. Von den Kindern werden nach dreitägiger Überprüfung achtzehn (18,-) blonde blauäugige zwecks Germanisierung ausgesondert in zur Adoption an deutsche Familien freigegeben, die restlichen 82,- ins Vernichtungslager Chelmno/ Kulmhof bei Litzmannstadt/ Łódź transportiert und dort mittels Abgase in speziell dafür präparierten Möbelwagen umgebracht (Firma Saurer AG Arbon am Bodensee/Schweiz, Kastenaufbau mit dicht schließender Hecktür durch die Fa Gaubschat/ Berlin-Neukölln geliefert, für den aktuellen Gebrauch umgerüstet in der Werkstatt vom Referat II D 3a des Reichssicherheitshauptamts). Der Kirchturm wird in mehreren Anläufen gesprengt, der Baumbestand gefällt, der Dorfteich zugeschüttet, der Friedhof dem Erdboden gleichgemacht

***

Steckel ist mehr oder weniger allein auf der Straße, seine Mitsoldaten haben sich an den Rand des Blickfelds zerstreut. Die STILLE vor dem Bombeneinschlag. Sie ähnelt auffällig der Stille vor dem Sprung, vor dem Anlaufnehmen mit federnden Schritten, ehe man beschleunigt, mit der Seite zur Latte beidreht und auf dem Sprungbein zu lasten kommt, das sich leicht im Knie durchbiegt und in einer Zehntelsekunde schon im Ansteigen wieder straffen wird... Dann kommt der Bombeneinschlag, in unmittelbarer Nähe, zuerst nur als geräuschloses Zerplatzen des Fahrwegs, Hochfliegen von Chausseebelag, Ausbreitung eines Kraters... Erst nach einer Reihe endloser Sekunden, wie bei entferntem Wetterleuchten, kommt das Donnern der EXPLOSION hinzu.

20

Kakao

Szenenwechsel: Führerbunker

Kakao. 1. Mai 1945 nachmittags, Tag der nationalen Arbeit, als gesetzlicher Feiertag 1933 durch die nationalsozialistische Regierung eingeführt. „Wie ist die Lage draußen?" Das Gesicht mit roten Flecken übersät, erkundigt sich der kettenrauchende Joseph Goebbels alle paar Minuten beim Bunkerkommandanten SS-Brigadeführer Mohnke. Er ist sich gewiss, bald wird ein Wunder geschehen, eine Wunderwaffe wird den entscheidenden Befreiungsschlag herbeiführen. Admiral Dönitz wird eine Nordarmee aus Männern jeglichen Alters zu einem Entsatzheer formiert und auf den Marsch nach Berlin gebracht haben... „Wie ist die Lage?" Das Olympiagelände vor allem, das Olympiagelände mit seinen Statuen soll bis zum letzten frisch ausgehobenen Waffen-SS-Mitglied, Hitlerjungen, Flakhelfer, Jungmädel verteidigt werden. „Sagen Sie Dönitz", gibt er Hans Baur, dem Chefpiloten von Hitlers Flugstaffel, als Botschaft mit, da dieser sich auf den Weg macht, „dass wir nicht nur verstanden haben zu leben und zu kämpfen, sondern dass wir auch zu sterben wussten."

Kakao. Zunächst hat man den Goebbels-Kindern einen mit Barbiturat angereicherten Kakao aus echten Kakaobohnen verabreicht. Jeweils zwei teilen sich ein doppelstöckiges Feldbett. Die Mutter hat sie in weiße Hemdchen gesteckt. Am Abend gegen viertel vor neun holt sie Dr. med. Helmut Gustav Kunz herbei, den Adjutanten des Chefarztes in der SS-Sanitätsverwaltung der Reichskanzlei.

Die Kinder sind wunderbar, niemals ein Wort der Klage oder ein Weinen. Ich kann mir nicht vorstellen, dass ein Leben nach dem Führer für die Kinder noch möglich wäre...

Die Kinder sind wunderbar, allerdings werden sie bis auf die zweitkleinste namens Holde von dem verabreichten Kakao nicht müde. Dr. Kunz injiziert den Kindern Morphium. Helga, Hilde, Helmut, Holde, Hedda und Heide. Die dreieinhalbjährige Heide, Versöhnungskind mit Joseph Goebbels nach dessen *amour fou* mit der tschechischen Filmschauspielerin Lída Baarová, ist am vertrauensseligsten... Gerade beim Anblick Heides weigert Dr. Kunz sich, die von Professor Theodor Morell besorgten Zyankalikapseln zu applizieren. Magda Goebbels schickt ihn nach Dr. Stumpfegger. Dr. med. Ludwig Stumpfegger zerdrückt den Kindern die Zyankali-Ampullen im Mund: „So – da. So ist das also. Wie heißen wir denn? Holde, Heide oder Hilde?" Die zwölfjährige Helga wehrt sich, Magda als die erste Trägerin des vom Führer gestifteten Ehrenkreuzes der deutschen Mutter muss sie umfassen und ihr die Arme am Leib festhalten. „So – da, jetzt machen wir uns mal ganz frei", sperrt ihr Dr. Stumpfegger mit geübtem Griff am Kinn und den Unterkieferwinkeln den Mund auf, so wie man es bei Mandeloperationen in Lokalanästhesie leider zu tun gezwungen ist. Anschließend setzt Mutter Magda sich im Zimmer neben dem Maschinenraum hin und legt Karten, Dr. Stumpfegger breitet einen von den Ereignissen überholten topographischen Stadtplan aus und beschäftigt sich mit Fluchtwegen zum Lehrter Bahnhof hin. Wie ist die Lage?

***

Monumente, Denkmäler, Kenotaphe

Granit. Die beiden SS-Wachmänner rechts und links stehen nicht einfach auf dem Pflaster der Schicksalskurve, sondern auf nach oben sich verbreiternden Sockelstutzen – stellvertretend für den gesamten SS-Orden zum Denkmal erhöht. Zwischen ihnen hat man einen überdimensionalen Kranz abgelegt, dahinter wächst aus der Mauer die Büste Heydrichs hervor, nach dem von Professor Rotter abgenommenen Gesichtsabguss doch von Rotter selbst modelliert. Am Ende in der Wirkung streng, mehr entschieden denn denkerisch. Der Hitler hingegen war eher denkerisch geraten. Reinhard Heydrichs beide divergierenden Gesichtshälften doch zu guter Letzt zu einem Gesicht zusammengehauen, das an asketischer Schmalheit kaum zu ertragen ist.

Granit. Der Zustand der Nation ist als permanentes Bedrohtsein aufzufassen. Da müssen Gefahrenherde ausgemerzt werden. Volksschädlinge sind vorbeugend unschädlich zu machen. Großzügigkeit gegen die Menschen der eigenen Volksgruppe, trotzdem Härte in der Erziehung und auch Umerziehung der Kinder zu künftigen Vollmitgliedern der Gesellschaft, Härte gegen sich selbst, Härte gegen alle Feinde in Inland und Ausland. Ehrlich, anständig, treu und kameradschaftlich haben wir zu Angehörigen unseres eigenen Blutes zu sein – und zu sonst niemandem. Was spielt es dereinst für eine Rolle, ob zu einem xbeliebigen Zeitpunkt ein xbeliebiges Fräulein Meier glücklich gewesen ist? Nicht auf unser eigenes Glück kommt es an, sondern darauf, ob wir unser Ziel erreichen oder nicht. Denn die Welt, die Welt ist ein Leierkasten...

Die Vorbeigehenden haben sich unter Androhung von Geld- und Gefängnisstrafe vor dem Denkmal zu verneigen – ob Maurer, Hausmütterchen oder ein Erzbischof; den Pfaffen tut es im Übrigen besonders gut, biegsam zu bleiben.

***

Stoffe

Warst du das, Trude-Heinrich, Dezember 1946, zur Hälfte im Zivil gekleidet nachts auf der Feldliege in der Hamburger Bahnhofsmission? Allerhand Unruhe im Raum, jemand schnarcht unregelmäßig, beschleunigt bis er auf einmal eine kaum auszuhaltende Pause macht, dann fängt er wieder von vorne an. Die Augen mit dem Handrücken gegen das Notlicht verschattet liegst du da, auf einmal spürst du durch den Mantel mit dem du dich zugedeckt und durch die Drillichhose die du anbehalten hast eine Berührung unterhalb des Knies. Gerade noch bist du im halben Traum auf dem Zimmer im Trainingslager Ettlingen gewesen. Eine Hand tastet sich das Schienbein herunter, nachdem du seit Jahren keine wirkliche Berührung erfahren hast… ohne dass sich sonst einer der Anwesenden durch ein Aufsitzen oder Aufstehen kenntlich gemacht hätte. Kurz huscht dir die halbnackte Gestalt Gretel Bergmanns vor den Augen, die Hand schiebt währenddessen unmerklich den rauhen Stoff nach oben, kann sich zunächst nicht entscheiden, dann am Schnürsenkel, knüpft den Knoten auf und versucht sachte den Schuh abzuziehen, hellwach trittst du kräftig aus und die fluchende Gestalt zurück. Wieder Bahnhöfe, wieder Zugfahrten also, so wie es angefangen hat geht es immer weiter, nur weniger bequem und keine Gans in der Tasche der Nachbarin, teilweise sind es Stehwagen mit herausgerissenen Sitzen und Trennwänden, so kehrst du heim beschwert mit Erlebnissen und Erfahrungen die hier niemand gebrauchen kann.

Zwei Tage später endlich am Bahnsteig in Bremen, jetzt fahren keine Bäuerinnen in die Stadt sondern die Städter aufs Land, Menschentrauben lösen sich von den Waggontüren eines Hamsterzugs, da aber werden schon die ersten von einer Polizeikontrolle angehalten, die Polizisten nehmen ihnen die Taschen ab und leeren daraus Kartoffeln, gegen welche die Zurückkehrenden beim Bauern ihre Teppiche und den Familienschmuck eingetauscht haben, direkt aufs Pflaster.

Wolfszeit sagen die Leute selbst, endlich wird der Mensch wieder dem Menschen zum Wolf, jeder denkt für den Moment nur an sich selbst und an sein Rudel. Und es ist auch ein Moment der bei aller Bescheidenheit gefeierten Entgrenzung, der Gewagtheit, der Freizügigkeit. Alles ist möglich. Es lohnt nicht, über morgen nachzudenken.

***

Monumente, Denkmäler, Kenotaphe II

„Ich bin ja von Hause aus Architekt." Muschelkalk. Arno Breker hat in der Zwischenzeit die Präsidentschaft der Reichskammer der Bildenden Künste abgelegt, genauso wie das Goldene Parteiabzeichen. Mit ausladender Geste zeichnet er den Raum nach, fasst nach dem durch die Luken der Maueröffnungen einfallenden Licht; die Fenster sind noch nicht eingesetzt und am liebsten würde er es bei germanisch schlichter Fensterlosigkeit belassen. Licht ist mir das Wichtigste. Unmerklich neigt er den Kopf seitwärts und zieht den linken Mundwinkel herauf. Der Bau ist ein fünfgeschossiger Trakt am Gereonshof, der Gerling-Zentrale in Köln. Hans Gerling, Sohn des Firmengründers, wirkt als Bauherr und Hobbyarchitekt mit, will mit anderen Worten zu allem und jedem sein Sagen haben, und dennoch abgesichert bleiben durch das Fangnetz des Fachmannes. Ein weithin sichtbares Zeichen will er mitten in diese bieder aufstrebenden fünfziger Jahren setzen, für Köln und für die gesamte Versicherungsbranche, welche die ganze Wirtschaft stützt.

Muschelkalk. Professor Breker nickt lächelnd. Er hat das durchaus edle Profil seines Bauherrn im Blick. „Darf ich einmal etwas zeigen? Ja, so habe ich es mir vorgestellt, auch mit einer gewissen, sagen wir mal, Wucht ausgestattet." Wenn es etwas gibt, was Breker charakterisiert, dann ist es sein Tatendrang. „Die Bildhauerei ist ein Unternehmen, das sehr viel Geld beansprucht. Sie brauchen Modelle Sie brauchen Gipsgießer Sie brauchen Bronzegießer. Die öffentlichen Aufträge sind dünn gesät, Monumentalskulpturen gehen für Jahrzehnte nicht, dafür einträgliche Büsten der Wirtschaftsbosse Günther und Herbert Quandt

Rudolf-August Oetker, der Kunstsammler Irene und Peter Ludwig, auf keinen Fall zu vergessen die Winifred Wagner, Ernst Jünger und last not least Konrad Adenauer, später wird der Vater des Wirtschaftswunders Ludwig Erhard hinzukommen. „Licht ist mir das Wichtigste. Licht verbunden mit dem grundlegend bejahenden Zugang zur Existenz. Ich habe festgestellt, dass der äußerlich vollendete Mensch auch innerlich schön ist. Gesunder Geist im gesunden Körper, verkürzt antik gesagt, meine Frau Demetra Messala ist ja Griechin." Dem fünfgeschossigen Trakt steht das von niedrigen Seitenflügeln eingegrenzte Verwaltungshochhaus entgegen, mit Büros und Sitzungsräumen. Dazwischen erstreckt sich ein Ehrenhof. Breker versieht den zentralen Brunnen mit auf Delphinen reitenden Putten, die Seitenwände mit Reliefs der versicherungstypischen Heiligen St. Georg St. Martin St. Christophorus. Dazu die direkt aus dem Steinblock emporwachsende Anbetung der Heiligen Drei Könige. Die Muschelkalkwände tun ein Übriges an Monumentalität des Ensembles, das im Volksmund bald *»Die kleine Reichskanzlei«* heißen wird.

„Àpropos monumental Monumentalität Monument: die elf Meter hohe, den Wehrwillen atmende Skulptur *»Bereitschaft«*? Da gab 1939 die deutsche Jugend das Vorbild für mich ab, die mit Leib und Seele Soldat war."

***

2020 bietet das Auktionshaus Andreas Thies in Kirchheim Unter Teck die für das Ehrenmal angefertigte Originalbüste Heydrichs an, Porträtkopf aus Feinzink, am rückseitigen unteren Rand Künstlersignatur: F.Rotter, 1942. Ein zeitgeschichtliches Objekt von musealem Rang, nach dem Krieg in Privatbesitz gelangt, befand sich seit ca 1980 Teil einer bedeutenden europäischen Sammlung.

***

Bronze. Es ist ein Plateau im milden gras- und baumbewachsenen Hang, von dem sie zu ihren älteren Kameraden-Nachbarn-Eltern hinunterschauen. Der kleinste, zehntes Kind Františka Hroníkovás, unmittelbar nach der Geburt am 28. Oktober (dem Jahrestag der Gründung des Tschechoslowakei getauften Gebildes) im Konzentrationslager von den Aufseherinnen getötet, bleibt einfach Hroník, ohne Vornamen. Die Mutter Františka hatte man dem Anlass entsprechend zugerichtet. Hroník wird für Jahrzehnte der Liebling und Vertraute Věra Uchytilovás werden. Die Bildhauerin ist 1956 in die Geschichte der tschechischen Numismatologie mit der 1Kronen-Münze eingegangen, auf deren Avers eine Frau in der Hocke einen Lindentrieb pflanzt. Auf der Rückseite ist der böhmische Löwe mit fünfzackigem Kommunistenstern anstelle der ursprünglichen Königskrone abgebildet, auch eine Krönung. „Einen Traum habe ich mir mit dem Münzentwurf frühzeitig erfüllt: mein Herz in jedermanns Hand." Einen staatstragenden kupfernen Traum, aus dem Schoß der ruinösen Währungsreform von 1953 geschlüpft... der fünfunddreißig Jahre im Umlauf bleiben soll.

An den Kindern von *Lidice* bekundet das System hingegen kein übersteigertes Interesse – solange sie nicht stören. Ohne öffentlichen Auftrag oder Segen arbeitet Uchytilová von 1969 bis 1989 an dem Gipsmodell und investiert ihr Familienvermögen darein. „Mit allen Sprachen schweigen meine Statuen, die ich für Eure Kinder gestalte." Laut Auskunft der Autorin seien sie absichtlich nicht den Getöteten ähnlich, lediglich ihre Zahl, das Geschlecht und ihre Körpergröße stimmen überein. Die älteren halten die jüngeren bei der Hand, zu ihren Füßen sammeln sich Blumen Kränze Plüschtiere, von den heutigen Lebenden dargebracht. Als ob sie in dem Moment losgehen lossprechen dürften, eine minutiös ausgestaltete traurige Niedlichkeit, als seien sie nicht aus Bronze sondern aus feuchtem Sand am Strand von Teneriffa modelliert.

1989 lässt die Bildhauerin auf eigene Kosten drei (3,-) Statuen in Bronze gießen. Von den ausländischen Besuchern des Ateliers in PragHodkovičky aufgerüttelt, bietet der sozialistische Staat an, die komplette Statuengruppe für 3,- Millionen Kronen von ihr käuflich zu erwerben und im Depot des Schlossmuseums Nelahozeves abzulagern... bis dass der Gips von selbst bröckelt. Uchytilová lehnt ab und stirbt 16. November 1989, einen Abend vorm Ausbruch der Samtenen Revolution, die dem kommunistischen Regime den Garaus machen wird. In den Jahren 1996-2000 werden auf Initiative von Uchytilovás Witwer, dem Bildhauer Jiří Hampl, die restlichen 79,- Statuen in Bronze angefertigt und installiert. Nur wenige der Kinder tragen auf »H« beginnende Vornamen. Sie heißen stattdessen František-Jaroslava-Božena-Zdeněk-Jaroslav-Ludmila-Milada-Antonín-Štěpán, Jiřina-Miroslava-Věra-Jaromír-Věnuška... Eigentlich sind es nun 81,-, eins ist gestohlen worden, das Organisieren von Altmetall ist auch in der postsozialistischen Zeit ein beliebtes Mittel, um sich bei der Sammelstelle mit ein paar Kronen zu versorgen.

21

Da ist einer vor dem Haus, schaut sich die Fassade an, als ob er sie ausbessern wollte, von mir aus... Liest das Gaststättenschild Buchstabe für Buchstabe, stellt sich ans Fenster, schirmt sich die Augen mit der Hand ab und lugt hinein, möchte wohl statt der Buchstaben auch noch die Gäste Kopf für Kopf entziffern. Fehlt nur der obligate Trenchcoat. Wir haben heute Ruhetag! Was will er denn überhaupt der Mensch... Sportreporter? Von der Zeitung, das kennen wir, nix da, von mir gibt´s keine Auskunft! Haben sich vermutlich verlaufen. Dass meine Frau... meine Lebensgefährtin wie ein Zerberus ist? Recht so, egal wer dieser... dieser Ihrer Zerberus sein soll. War schon neulich jemand da, von wegen zwanzig Jahre seit den Olympischen Spiele Berlin, weiß nicht was die damit wollen. Nee, Frieda meine Lebensgefährtin ist kurz mal zu ihrer Mutter gegangen, kommen Sie ein andermal. Ach so – Sie kommen zu mir? Zu wem denn? Trude? Eine Trude? Nie gehört, wiedersehn! Wiedersehn, lassen Sie gefälligst den Fuß aus dem Türspalt, sonst passiert noch ein Unfall! Nein, Herrmann, wieso Herrmann auf einmal, gerade eben hieß es noch die... die... Na gut, Heinrich, stimmt ja, ich heiße Heinrich, schreiben Sie von mir aus was Sie wollen, Sie schreiben ohnehin was Sie wollen! Nein, ich war nie... neinnein... Sie verwechseln mich da mit jemand. Neunzehnhundertfünfunddreißig bis achtunddreißig? Also damit Sie es wissen: das waren die drei langweiligsten Jahre meines Lebens... schreiben Sie, schreiben Sie... nein, schreiben Sie nix, was wollen Sie jetzt denn von mir ist alles so lange her, interessiert nicht. Sie Hyäne Sie! Keine Photos! Hyäne Sie! Kadaverfresser! Ist keiner da, nein, niemand. Hier hat niemand nix gemacht. Noch gut, dass wir heute Ruhetag haben.

***

Pokale

In der Vitrine werden anstatt von Meisterschaftspokalen dickwandige Weingläser mit gedrehtem grünem Fuß stehen, drei als Spaßartikel vom Münchner Oktoberfest importierte Humpen, ein vernickelter Pokal des lokalen Senioren-Fußballvereins (5. Sieger), an der Wand daneben eine Uhr mit rückwärts laufenden Zeigern und der Inschrift »Manchmal läuft alles verkehrt«. Stimmt ja. Adele, einigermaßen aus dem Leim gegangen, wird das Bier an die Gäste austragen, deren Gläser abräumen auch wenn sie nicht zur Neige ausgetrunken sind, dafür eben die neuen vollen mit einem Knall hinstellen.

Du, zwanzig Jahre älter und ziemlich eindeutig Mann, wirst dir am Tresen zapfend selber einen Schluck genehmigen, der Schaum wird wie ein Bart um den Mund haften bleiben, wirst ihn ablecken und den Rest wegpusten... unrasierter Flaum. „...der Kurt Schumacher muss beim Boulespiel partout den Franzosen alles nachmachen... dass der sich so einschleimt ausgerechnet“, wird von einem der Stammgäste kommen, der saß hier schon vor dem Krieg herum, als ganz andere Pokale noch in der Vitrine standen und Vater Steckel hinterm Tresen, wo er ja wieder einmal Pleite gemacht und die Lizenz an Muttern hatte übertragen müssen.

„Wie soll der Schumacher Boule spielen mit seinem linken Arm und ohne Bein, kann mir das einer erklären? Schumacher hat niemals nimmer kein Boule gespielt, das macht für ihn der Adenauer!", wird der Zweite gegenhalten, der auch nur einen Arm sein eigen nennt, mit dem er das Bier mit Rum hochheben wird. Vermutlich Sozialdemokrat, die gibt's neuerdings wieder. Wir sind wieder wer. Du setzt dich an den Tisch am Fenster und nimmst die Zeitung. „Adele, bringst du mir noch einen Korn dazu?"

„Von mir aus Adenauer – aber Schumacher auch! Hätte der Schumacher s'Maul gehalten zur rechten Zeit, hätte er noch den rechten Arm und das Bein gratis dazu... nicht?, hätte es einfacher mit dem Boule..."

Wo sind die eigenen Pokale Ehrenurkunden Medaillen ausgestellt? Letztlich hast du dich bis auf die paar Jahre der Geschlechtskrise nicht großartig wegbewegt. Die Pokale meistens daheim im Keller, die Urkunden verbrannt, wen kümmern denn Urkunden aus Papier? Die von Wien hatte man dir gleich abgenommen... das war kaum eine Notiz in der Zeitung wert. „Olympia – alles Lüge... Adenauer – alles Lüge... Kurt Schumacher auch!"

„Was erzählst du, hast doch zwei gesunde Arme und Beine!", schreit dich der einarmige Sozialdemokrat an, er meint es nicht böse, in der Kneipe zählt schlicht einzig die Lautstärke als Argument.

„Ich war der Inbegriff des deutschen Mädels. Schaut euch die Mädels heute an, am Markt oder auf der Martinistraße, ihr braucht von mir aus nur einmal an die Weser gehen. Könnten alle ab sofort in den BDM eintreten. Kurze Haare blasse Gesichter alles blond... Die Wehrmacht war in Ordnung, da kriegte man seine Befehle und auf ging's ohne großes Fackeln, bis Schluss war..."

Wer bist du, Trude? Wer bist du wann?

***

Im Morgengrauen sind Trümmermädchen und -frauen auf der Straße, mittlerweile auch Trümmermänner, viele davon Zugereiste aus den Ostgebieten oder abgemagerte Spätheimkehrer aus der russischen Gefangenschaft. Ist wieder ganz schön spät oder vielmehr ganz schön früh geworden, auch das ist Aufschwung, keine Verdunklung, aber im halbprivaten Rahmen spät geworden, denn Sperrstunde gilt nach wie vor. In Deutschland herrscht immer noch Ordnung, oder schon wieder? Was aus der Untergauleiterin geworden ist? Eine Trümmerfrau in Hut und gepunktetem Sommerkleid? Hat sich die Nägel rot lackiert, geheiratet, ihre rotschopfigen Kinder mit stämmigen Gliedmaßen bekommen? Nein, also was mich betrifft, ich bin doch nie Mädchen gewesen. War von Geburt an ein Mann! Was – was soll ich gesagt haben? Was wollt Ihr von mir? Journalisten sind im Frühjahr auch schon aufgetaucht, von der Zeitung die. Sollte ich ihretwegen Frauenklamotten anziehen?

Genug des Frohsinns, jetzt hörn mer mal auf mit dem Doppelkopf! Karten spielen um zwei Pfennig bis der Briefträger kommt! Ich halte von außen das eiserne Rouleau hoch, ihr drei Bremer Stadtmusikanten schlüpft drunter schön in die Kälte. Adele schließt ab und geht hinter den Trümmerfrauen Richtung Eisenbahn. Laufe den Gästen in die andere Richtung hinterher, kürze ab, springe – ist doch wahr! – über ein Geländer, umlaufe dann doch einen Bauzaun hole sie an der Kleinen Weser ein. Alles ist durcheinander... will in einer Anwandlung den ersten angetrunkenen den mit den heilen Gliedmaßen ins Wasser stoßen, verpasse ihn irgendwie, obwohl das nicht sein darf nicht sein kann... Nach einer Photoaufnahme von mir gab´s Briefmarken... seid ihr Briefmarkensammler? Seid ihr wenigstens irgendwas? Ich bin ein Schaf, und das ist klug von mir, meistens allemal. Und jetzt besonders!

Das Wasser der Kleinen Weser... langer Zeitabschnitt wo es nur träge fließt wie die Zeit, das springt das strudelt nicht. Ist mehr Kanal als Fluss. Vielleicht einige Strudel an seichteren Stellen, wo drüben auf dem Werder die Bäume vom Uferpfad ins Wasser steigen. Es platscht, ein böhmischer Rauhbart ist ins Blickfeld gesprungen, wühlt und rudert durch den Strom, kommt auf unserer Seite ans Ufer, eine männliche Stimme ruft ihn, einer von den frühaufstehenden Trümmerkerlen... „Hierher, Harro!" Harro. Das Biest Harro kommt raus und schüttelt sich direkt vor mir, damit nicht er allein patschnass bleibt. Trabt davon. Harro wurde nicht geschoren, Harro ist ein Hund, zweifelsfrei. Harro weiß nicht wer er ist, aber er ist es ungehindert, ungefragt einfach vor sich hin. Eine Möwe fliegt einfach vor sich hin über der Wasseroberfläche, pickt nach einem Fisch, verschwindet aus dem Bild. Fließend stehendes Gewässer.

***

Warum ich mich für Arno Breker auszog

Ulrike Meyfahrt, zweifache Olympiasiegerin im Hochsprung, Bronze von Arno Breker, Höhe 76 cm. Am 4. September 1972 um 19:05, im Alter von sechzehn Jahren, wird Meyfahrt mit einem Fosbury-Flop die Latte bei 192 cm überwinden und die Goldmedaille holen. Am darauffolgendem Morgen um 4:10 werden acht Mitglieder des palästinensischen Schwarzen September in das Appartement der israelischen Olympiamannschaft dringen und elf Geiseln nehmen, von denen sie sogleich zwei tödlich verletzen werden. Sie werden die Freilassung von 232 Palästinensern aus israelischen Gefängnissen, sowie die von Andreas Baader und Ulrike Meinhof verlangen.

Beim ersten Befreiungsversuch werden sich bayerische Polizisten über die Dächer des Olympischen Dorfs vor den Linsen der Kamerateams aus ganzer Welt an die Unterkünfte der israelischen Mannschaft heranpirschen. Die Geiselnehmer werden die gesamte Aktion ungefährdet in Direktübertragung auf ihrem Fernseher verfolgen. Die Polizei unter der unmittelbaren Leitung des bayerischen Innenministers Bruno Merk und des Bundesinnenministers Hans-Dietrich Genscher wird es versäumt haben, ihnen den Strom abzuschalten. Bei den Verhandlungen mit den Terroristen wird sich Genscher als Geisel im Austausch gegen die israelischen Athleten anbieten, was die Palästinenser ablehnen werden. Am Abend wird das Unternehmen auf dem Flugplatz München-Fürstenfeldbruck seinen Abschluss finden. Aus gesetzlichen Gründen ist ein Einsatz der Bundeswehr untersagt. Sechzehn Polizeibeamte in Crew- und Steward-Uniformen warten in der vorbereiteten Boeing 727. Sie werden jedoch schließlich abgezogen, ohne den Kommandeur des Einsatzes darüber zu informieren, und es bleiben nur fünf Bewaffnete übrig, da man davon ausgeht, dass sie ausreichen, um mit den Entführern fertig zu werden. Die restlichen, kurzerhand zu Scharfschützen ernannten Polizisten postieren sich mit unzureichenden Sturmgewehren Heckler & Koch G 3 ohne Nachtsichtgeräte oder Helme auf dem Dach des Kontrollturms und auf der Landefläche. Da sie über keine Walkie-Talkies verfügen, eröffnen sie ohne zeitliche Abstimmung das Feuer. Einer davon wird durch das *friendly fire* der über seine Position nicht informierten, nun doch herbeigerufenen Polizeiverstärkung schwer verletzt. Die angeforderten weiteren Verstärkungen bleiben mit ihren Panzerfahrzeugen im Stau unterwegs zum Flughafen stecken. Sämtliche Geiseln finden den Tod. Die zunächst fortgesetzten Spiele werden wegen Protesten der Besucher und Athleten unterbrochen. Am nächsten Tag wird Avery Brundage als Präsident des Internationalen Olympischen Komitees die Parole *The Games must go on!* ausgeben. In ihrem späteren Untersuchungsbericht werden die bayerischen Behörden nicht ausschließen, dass einige der Geiseln durch die Schüsse der Polizei ums Leben gekommen sind. In der maoistischen Zeitschrift *La Cause du peuple* rechtfertigt am 15. Oktober Jean-Paul Sartre den Anschlag als das einzige Mittel, mit dem die Palästinenser ihren Mut und die Kraft ihres Hasses haben zeigen können. Aus Furcht vor weiteren Anschlägen und vermutlich auch um Beweise bezüglich des behördlichen Vorgehens bei der Befreiungsaktion zu beseitigen, wird die Bundesrepublik am 29. Oktober desselben Jahres die drei überlebenden Terroristen ohne Gerichtsverfahren freilassen. In der arabischen Welt werden sie gemeinsam mit ihren gefallenen Kampfgenossen als Helden gefeiert.

Avery Brundage wird zu diesem Zeitpunkt schon seit Jahrzehnten auf den verwinkelten Pfaden der Sportpolitik unterwegs sein. Aufgrund der Judenhetze in Deutschland hatte es im Vorfeld der Berliner Olympia 1936 in den USA Widerstand gegen die Teilnahme des amerikanischen Teams gegeben. Um die Vorwürfe zu entschärfen, reiste Brundage September 1934 als Vorsitzender des amerikanischen Olympischen Komitees nach Deutschland, wo er im Ausschluss der Juden aus den Sportvereinen keine wirkliche Rassendiskriminierung erkennen konnte. Somit stand der US- Teilnahme nichts mehr im Wege. Um diese Zeit äußerte Brundage sein Unbehagen gegenüber Sportlerinnen, die er größtenteils für verkleidete Männer hielt. „Die antiken Griechen (...) ließen Frauen nicht einmal an die Seitenlinien... ich denke, sie hatten wohl recht."

1974 wird Hans-Dietrich Genscher zum Außenminister und Vizekanzler befördert werden. Die BRD wird über Jahre Schutzgelder in Millionenhöhe an die PLO zahlen, um weitere Attentate abzuwenden; diese Anschläge werden künftig stattdessen von diversen Abspaltungen der PLO und anderen konkurrierenden Gruppen verübt.

1983 wird Arno Breker einen Akt der Hochspringerin Ulrike Meyfahrt in Bronze gießen. Höhe 76 cm, freilich keine Monumentalstatue, auch wenn sie vom Gestus her so wirken könnte. *Bild am Sonntag* wird zu einem Interview mit der vom charmanten Altmeister gänzlich eingenommenen Ulrike Meyfahrt titeln: „Warum ich mich für Arno Breker auszog." Breker titelt im Gegenzug: „Der weibliche Körper ist ein sakrales Gefäß."

22

Grabsteine

„Traudl!, jetzt lass das mit dem Ball, oder ich nehm ihn dir weg, hab ich dir schon mal gesagt!"

„Ich heiße nicht Traudl!"

„Trudi! Jetzt lass das Mit-dem-Ball-Herumspielen, oder ich nehm ihn dir sofort sofort sofort weg, hab ich dir dreimal schon gesagt!"

Eine gebeugte Alte geht vorbei, der Enkelin gleitet der regenbogenfarbige Gummiball aus den Händen, hüpft die Steinplatten entlang, sie läuft ihm hinterher… „Ich heiße nicht Trudi, sondern Stella-Virginia. Stella-Virginia Pfannkuche." Hat das Mädel eine schrille Stimme!

Vorvorletztes Grab in der Serie hiesiger Denkmäler, verhältnismäßig frisch, kleines Holzkreuz mit Datum, ohne Namen. Und schon verwuchert und verwittert, anscheinend verirrt sich selten jemand hierher. Kein Kenotaph, von keiner Wache flankiert… nichts Asketisches im Sinne einer überhöhten inneren Haltung, nur die Schmucklosigkeit. Friedhof Buntensteintor, Parzelle Nr. 117, Planquadrat 13 Z. Lauter norddeutsche Namen hier wie Wittkopp Ratjen Overbeck Petersen… Daneben ein frischer Erdhügel ohne alles, davor ein runder Basaltstein mit dem Photo eines Kindes. Wir Hochspringerinnen hingegen haben ein zähes Leben. Elfriede Kaun, die Bronzemedaillistin von Olympia 1936, hat's bis März 2008 geschafft und ist 93,- Jahre geworden, Ibolya Czák die Siegerin lebte bis 2006 also bis 91,- Dorothy Odam lebt noch, die rechtsbeinig abspringende Silbermedaillengewinnerin… genauso wie Gretel Bergmann, nach wie vor juchtezäh im amerikanischen Exil, die man zu guter Letzt nicht an den Olympiaspielen hat teilnehmen lassen von wegen Rasse eben, oder unerwarteter Verletzung oder so ähnlich… Ich sage immer – wenn das jemand hören mag – springe hoch, und du wirst ein lllanges Llleben führen. Aber – dafür musst du die Schersprung-Technik wirklich beherrschen, so einfach wie heute geht das nicht bei der schnelllebigen Zeit von diesem Straddle und Fosbury, ist keine Kunst, mit denen 170 cm zu springen, das schafft nun wirklich jede Realschülerin. Die Nichten von mir, also die Töchter von den Schwestern Adele und Elisabeth, sind mittlerweile auch in einem gewissen Alter, eine liegt im Krankenhaus mit Schenkelhals, die andere findet nicht mehr allein aufs Klo, erinnert sich im Wohnheim nicht was es zum Mittagessen gegeben hat, stattdessen rezi-

tiert sie auf einmal die Gedichte die sie in der Grundschule gelernt hat... lauthals den Zauberlehrling, walle walle ganze Strecke... von Fallersleben undsoweiter, also nicht zuletzt die vom lieben Führer auch, Herzog des Reiches/ wie wir es meinen/ bist du schon lange/ im Herzen der Deinen...

ABSPANN. TITEL

„Für mich bist du immer Trudi", beharrt die Greisin. Man muss nicht jeder Mode nachrennen. Was sich deine überspannten Eltern so ausgedacht haben. Hab denen damals gesagt, dass sie die Kleine eben Gertrud nennen sollen, wie Mutter auch geheißen hat. Egal wie lieb die das mit dem Kind meinen. „Trudi, jetzt lass das mit dem Ball, siehst du, schon wieder fliegt er dir weg – du wirfst am Ende noch das Holzkreuz um..." Sie trotten weiter, verschwinden hinter einer Koniferengruppe welche das Planquadrat 3 Z von der anderen Abteilung trennt.

ENDE

GLOSSAR

ALLGEMEINES

Reichssicherheitshauptamt (RSHA) – zentrale Sicherheitsbehörde, bestehend aus Geheimem Staatspolizeiamt (Gestapo), Reichskriminalpolizeiamt sowie dem Sicherheitsdienst (nachrichtendienstliche Aufgaben). Erster Leiter des RSHA war Reinhard Heydrich.

Sudetendeutsches Freikorps – auf Hitlers Befehl gebildete paramilitärische Einheit, die im September 1938 bewaffnete Überfälle auf tschechoslowakische Einrichtungen im Sudetenland verübte, Gegner tötete oder ins Deutsche Reich entführte.

Sudeten – Gebirgszug an der Grenze von Tschechien, Deutschland und Polen. Nach 1918 wird der Begriff erweitert auf das gesamte überwiegend deutschsprachige Gebiet Tschechiens, das sich praktisch um das ganze Böhmische Becken und Teile Mährens erstreckt. 1938 lebten dort etwa 3 Millionen Deutsche.

PERSONEN

Adenauer, Konrad (1876-1967), christlicher Politiker, 1917-1933 Oberbürgermeister von Köln, im Dritten Reich wiederholt verhaftet, nach dem Zweiten Weltkrieg Mitbegründer der CDU und 1949-1963 erster Kanzler der Bundesrepublik.

Beneš, Edvard (1884-1948), zweiter Präsident der Tschechoslowakei, während des Zweiten Weltkriegs im englischen Exil, 1945-1948 erneut Präsident, ließ 1948 die Bildung einer kommunistischen Regierung zu.

Bergmann, Margaret „Gretel“ (1914-2017), deutsch-jüdische Sportlerin, stellte 1936 den deutschen Hochsprungrekord ein, wurde zuletzt unter Mitwirkung von Karl Ritter von Halt und Hans von Tschammer und Osten wegen ihrer jüdischen Herkunft aus der Olympiamannschaft ausgeschlossen. Nach der Emigration gewann sie mehrere britische und US-amerikanische Meisterschaften.

Bormann, Martin (1900-1945), Leiter der Partei-Kanzlei der NSDAP im Rang eines Reichsministers sowie Privatsekretär und Vertrauter Hitlers, in welcher Funktion er erheblichen Einfluss darauf nahm, wer zu Hitler vorgelassen wurde. Auf der Flucht aus dem Führerbunker am 2. Mai 1945 hat er zusammen mit Ludwig Stumpfegger Selbstmord durch Blausäure begangen.

Breker, Arno (1900-1991), Bildhauer und Architekt, prominenter Künstler des NS-Regimes, für das er eine Reihe von Monumentalskulpturen schuf.

Briand, Aristide (1862-1932), französischer Ministerpräsident, Friedensnobelpreisträger.

Brundage, Avery (1887-1975), US-amerikanischer Sportfunktionär, 1952-72 Präsident des Internationalen Olympischen Komitees.

Csák, Ibolya (1915-2006), ungarische Hochspringerin, 1936 Olympiasiegerin im Hochsprung.

Czerny, Carl (1791-1857), österreichischer Komponist, Pianist und Klavierpädagoge, Schüler Beethovens, dessen 5. Klavierkonzert er bei der erstmaligen öffentlichen Aufführung spielte. Seine Etüdensammlungen *Schule der Geläufigkeit* und *Kunst der Fingerfertigkeit* werden bis heute im Unterricht verwendet.

Dick, Walter, Prof. (1899-1990), Chirurg, Leiter der Deutschen Chirurgischen Universitätsklinik in Prag und danach des Krankenhauses Na Bulovce. Nach dem Krieg Professor in Köln und Tübingen.

Erhard, Ludwig (1897-1977), deutscher Politiker (CDU), Wirtschaftsminister 1949-63, wird als Vater des Wirtschaftswunders bezeichnet. 1963-66 Bundeskanzler.

Ford, Henry (1863-1947), Gründer der Ford-Automobilwerke, wo er die Fließbandproduktion perfektionierte.

Frank, Karl-Hermann (1898-1946), NS-Politiker, nach Heydrichs Tod Staatsminister für Böhmen und Mähren, verantwortlich für die Massaker in Lidice und Ležáky. 1946 in Prag erhängt.

Gabčík, Josef (1912-1942), slowakischer Widerstandskämpfer, kämpfte im Zweiten Weltkrieg im tschechoslowakischen Regiment der französischen Armee gegen die Deutschen, ließ sich dann in England zum Fallschirmspringer ausbilden. In Böhmen abgesprungen, führte er 17.Mai 1942 zusammen mit Jan Kubiš und Josef Valčík das Attentat auf Reinhard Heydrich aus. Starb in der Prager Kirche der Heiligen Cyrill und Method im Kampf gegen die Gestapo und die SS.

Gebhardt, Karl, Prof. (1897-1948), Chirurg, Orthopäde und Sportmediziner. Leibarzt Heinrich Himmlers, führte orthopädische und infektologische Versuche an Häftlingen des KZ Ravensbrück durch. Im Nürnberger Ärzteprozess zum Tod durch Strang verurteilt.

Genscher, Hans-Dietrich (1927-2016), deutscher Politiker der FDP, Bundesinnenminister und langjähriger Außenminister.

Goebbels, Magda (1901-1945), in erster Ehe mit dem Großindustriellen Herbert Quandt verheiratet, danach Ehefrau von Joseph Goebbels. Erste Trägerin des *„Ehrenkreuzes der deutschen Mutter“*. Nahm sich am 1. Mai 1945 nach der eigenhändigen Tötung ihrer Kinder zusammen mit ihrem Mann das Leben.

Halt, Karl Ritter von (1891-1964), deutscher Zehnkampfmeister und Sportfunktionär, leitete die Organisation der leichtathletischen Wettkämpfe bei den Olympischen Spielen 1936, ab 1937 Mitglied des Exekutivkomitees des Internationalen Olympischen Komitees, ab 1944 kommissarischer Reichssportführer. 1945-50 von den Sowjets im umfunktionierten KZ Buchenwald festgehalten, 1951-60 Präsident des westdeutschen Olympischen Komitees.

Heß, Rudolf (1894-1987), Reichsminister ohne Geschäftsbereich, Stellvertreter Hitlers in der Leitung der NSDAP. 1941 flog er abenteuerlich aus eigener Initiative nach Großbritannien, unter der Vorstellung, einen Separatfrieden dort auszuhandeln. Im Nürnberger Prozess zu lebenslanger Haft verurteilt, beging er 1987 im Gefängnis Spandau Suizid.

Heydrich, Lina, geb. von Osten (1911-1985), Ehefrau von Reinhard Heydrich. Nach dem Krieg zog sie zurück nach Fehmarn, wo sie eine Pension betrieb, die als Treff ehemaliger SS-Kameraden fungierte. Sie heiratete ein zweites Mal, erwirkte für sich eine Hinterbliebenenrente, da ihr Ehemann als Kriegsopfer eingestuft wurde.

Heydrich, Richard Bruno (1865-1938), Opernsänger, Gesangspädagoge, Komponist, Gründer des Konservatoriums in Halle. Vater von Reinhard Heydrich.

Himmler, Heinrich (1900-1945), Reichsführer SS und Reichsinnenminister, Organisator des Holocaust. Selbstmord durch Zyankali 1945 in britischer Gefangenschaft.

Hohlbaum, Josef, Prof. (1884-1945), Chirurg und Hochschullehrer in Leipzig und Prag. Nach dem Krieg interniert, starb er an der Sepsis infolge einer Verletzung durch den Lagerwächter.

Jesenská, Milena (1896-1944), tschechische Journalistin, Übersetzerin und Freundin Franz Kafkas, starb im KZ Ravensbrück.

Jünger, Ernst (1895-1998), deutscher Schriftsteller, stark beeinflusst durch seine Erlebnisse im Ersten Weltkrieg.

Kaltenbrunner, Ernst (1903-1946), österreichischer Nationalsozialist, dort Führer der SS und Polizei nach dem Anschluss Österreichs. Ab 1943 Leiter des Reichssicherheitshauptamts. Im Nürnberger Prozess zum Tod durch Strang verurteilt.

Kaun, Elfriede (1914-2008), deutsche Hochspringerin, Bronzemedaillengewinnerin bei den Olympischen Spielen 1936.

Klimt, Gustav (1862-1918), österreichischer Maler des Jugendstils, porträtierte viele Frauen aus dem Großbürgertum.

*Kubiš, Jan (*1913-1942), tschechischer Widerstandskämpfer, kämpfte im Zweiten Weltkrieg im tschechoslowakischen Regiment der französischen Armee gegen die Deutschen, ließ sich dann in England zum Fallschirmspringer ausbilden. In Böhmen abgesprungen, führte er 17.Mai 1942 zusammen mit Josef Valčík und Josef Gabčík das Attentat auf Reinhard Heydrich aus. Starb in der Prager Kirche der Heiligen Cyrill und Method im Kampf gegen die Gestapo und die SS.

Küstner, Heinrich, Prof. (1897-1963), Oberarzt der Leipziger Universitätsfrauenklinik, später niedergelassener Frauenarzt in Leipzig. Publikation: Die Fortpflanzungsschädigung der erwerbstätigen Frau und ihre Abhilfe, Leipzig 1930.

Lammers, Heinz Heinrich, Dr. (1879-1962), Chef der Reichskanzlei, im Wilhelmsstraßen-Prozess 1949 wegen Kriegsverbrechen und Verbrechen gegen die Menschlichkeit zu 20 Jahren Haft verurteilt, 1951 begnadigt.

Ludwig, Irene (1927-2010), und *Peter* (1925-1996), Kunstsammler-Ehepaar, gründeten *Museen Ludwig* in Deutschland, Österreich, Russland, China, der Schweiz sowie auf Kuba.

Meyfahrt, Ulrike (*1956), Hochspringerin, zweimalige Olympiasiegerin (1972 und 1984).

Mohr, Trude (1902-1989), Reichsreferentin des Bundes deutscher Mädel.

Morell, Theodor, Dr. (1886-1948), Urologe, Leibarzt Hitlers.

Müller, Heinrich (1900-1945), bekleidete als enger Mitarbeiter Hitlers am Reichssicherheitshauptamt Leitungsfunktionen der Kriminalpolizei und der Gestapo. Inszenierte den „Überfall polnischer Soldaten auf den Rundfunksender Gleiwitz", womit der Zweite Weltkrieg begann. Gilt seit Mai 1945 als verschollen.

Mussolini, Benito, „Il Duce" (1883-1945), faschistischer Führer Italiens, in den letzten Kriegstagen von Partisanen erschossen.

Odam, Dorothy (1920-2014), englische Hochspringerin, Silbermedaillengewinnerin bei den Olympischen Spielen 1936 und 1948.

Oetker, Rudolf-August (1916-2007), Nahrungsmittel-Unternehmer aus der Oetker-Dynastie.

Ossietzky, Carl von (1889-1938), Journalist, im Dritten Reich KZ-Häftling, starb an Folgen der Misshandlungen. Friedensnobelpreisträger.

Pannwitz, Heinz (1911-1975), nach Abbruch des Studiums der Theologie und Philosophie machte er Karriere bei der Polizei, Leiter des Referats II.G in der Gestapoleitstelle Prag. 1945-55 in der Sowjetunion inhaftiert, nach seiner Rückkehr Handelsvertreter in Ludwigsburg.

Prokop, Otto, Prof. (1921-2009), deutsch-österreichischer Gerichtsmediziner, ab 1957 Leiter des Instituts für Gerichtsmedizin der Humboldt-Universität. Popularisator der Rechtsmedizin. Gab gemeinsam mit Waldemar Weimann 1963 das Standardwerk *Atlas der gerichtlichen Medizin* heraus.

Quandt, deutsche Industriellenfamilie, erwarb großes Vermögen während des Dritten Reichs, beteiligt u.a. an BMW. Die spätere Magda Goebbels war in ihrer ersten Ehe mit Herbert Quandt verheiratet.

Rienäcker, von - vom Autor erfunden in Anlehnung an Botho von Rienäcker, den Protagonisten von Theodor Fontanes Irrungen Wirrungen, Vertreter des preußischen Adels im Offizierskorps.

Roosevelt, Franklin Delano (1882-1945), viermalig zum Präsidenten der USA gewählt.

Rotter, Franz (1910-1989), während des Protektorats Böhmen und Mähren Professor an der Prager Kunstgewerbeschule, lebte und arbeitete nach dem Zweiten Weltkrieg in Cuxhaven.

Schellenberg, Walter (1910-1952), Generalmajor der Polizei und Leiter der Geheimdienste des Reichssicherheitshauptamts. Nach dem Zweiten Weltkrieg zu sechs Jahren Haft verurteilt, vorzeitig entlassen wegen Leberleidens.

Schirach, Baldur von (1907-1974), Reichsjugendführer der NSDAP, ab 1940 Reichsstatthalter in Wien. Im Nürnberger Prozess verurteilt, verbrachte er 1946-66 im Gefängnis Spandau.

Schmeling, Max (1905-2005), 1930- 32 Boxweltmeister im Schwergewicht. In Bad Saarow Nachbar des Bildhauers Franz Thorak, der nach ihm für das Reichssportfeld in Berlin die Bronzeplastik Faustkämpfer schuf.

Schumacher, Kurt (1895-1952), SPD-Politiker, verlor im Ersten Weltkrieg den rechten Arm, im Dritten Reich lange Jahre in Konzentrationslagern inhaftiert, nach dem Krieg Gegenspieler Adenauers. Kettenraucher, 1948 wurde ihm wegen Durchblutungsstörungen das linke Bein amputiert.

Seyß-Inquart, Arthur (1892-1946), österreichischer Politiker, in den letzten Wochen vor dem Anschluss Österreichs (13. März 1938) Innenminister und Bundeskanzler Österreichs, nach dem Anschluss Reichsstatthalter der nunmehrigen »Ostmark«. 1946 im Nürnberger Prozess zu Tode verurteilt und erhängt.

Stresemann, Gustav (1878-1929), Reichskanzler und Außenminister der Weimarer Republik, Friedensnobelpreisträger.

Stumpfegger, Ludwig, Dr. med. (1910-1945), Assistenzarzt von Prof. Gebhardt, beteiligte sich an dessen Menschenversuchen im KZ Ravensbrück.

Später zweiter Leibarzt Hitlers. Beteiligung an der Tötung der Goebbels-Kinder. Selbstmord durch Blausäure, zusammen mit Martin Bormann auf der Flucht aus dem Führerbunker am 2. Mai 1945.

Thälmann, Ernst (1886-1944), moskautreuer Vorsitzender der Kommunistischen Partei Deutschlands, 1933 verhaftet, 1944 im KZ Buchenwald erschossen.

Thorak, Josef (1889-1952), österreichischer Bildhauer, gehörte zu den meistbeschäftigten Künstlern des NS-Regimes.

Tschammer und Osten, Hans von (1887-1943), Reichssportführer. Als Offizier 1914 im Ersten Weltkrieg verwundet, litt er seitdem an einer Lähmung der rechten Hand.

Tucholsky, Kurt (1890-1935), Journalist und Schriftsteller, Satiriker, Kabarettautor. Emigrierte nach Schweden, seine Bücher wurden von den Nationalsozialisten verbrannt.

Uchytilová, Marie (1924-1989), tschechische Bildhauerin, gestaltete zusammen mit ihrem Ehemann Jiří Hampl das Denkmal der 82 ermordeten Kinder von Lidice. Außerdem Gestalterin der 1957-92 geltenden 1-Kronen-Münze, als deren Motiv sie subversiv die wegen der Leitung einer Pfadfinder-Gruppe zu acht Jahren Gefängnis verurteilte Bedřiška Synková abbildete.

Valčík, Josef (1914-1942), tschechischer Widerstandskämpfer, kämpfte im Zweiten Weltkrieg im tschechoslowakischen Regiment der französischen Armee gegen die Deutschen, ließ sich dann in England zum Fallschirmspringer ausbilden. In Böhmen abgesprungen, führte er 17.Mai 1942 zusammen mit Jan Kubiš und Josef Gabčík das Attentat auf Reinhard Heydrich aus. Starb in der Prager Kirche der Heiligen Cyrill und Method im Kampf gegen die Gestapo und die SS.

Wagner, Winifred (1897-1980), Schwiegertochter Richard Wagners, Unterstützerin Hitlers, 1930-44 Leiterin der Bayreuther Festspiele.

Weimann, Waldemar, Dr. (1893-1965), 1937 Gründungsdirektor des Gerichtsmedizinischen Instituts in Berlin. Gemeinsam mit Otto Prokop gab er 1963 das Standardwerk Atlas der gerichtlichen Medizin heraus.

Welscher, Willi (1906-1987), deutscher Hürdenläufer, Teilnehmer an den Olympischen Spielen 1932 und 1936.

LITERATUR

Die Literaturliste kann nicht vollständig sein. Die wichtigsten Quellen:

Bahro, Berno, Braun, Jutta: Berlin '36, verlag für berlin-brandenburg, 2009

Bahro, Berno: Sportler – Soldaten – Helden (bzgl. Heydrich und Fegelein), Vortrag auf der Jahrestagung der dvs- Sektion Sportgeschichte in Hoya 10/ 2006.

Bernett, Hajo: Nationalsozialistische Leibeserziehung, Verlag Karl Hofmann, Schorndorf bei Stuttgart, 1966

Borowik, Hans: „Wer ist´s bei den Olympischen Spielen von 1936“, Berliner Illustrierte ZC 54 (Sonderhefte Olympische Spiele & Österreich)

Burckhardt, Carl Jacob: Meine Danziger Mission 1937-39, München: Verlag Georg D. W. Callwey, 1960 S. 56 ff

Dederichs, Mario R.: Heydrich, Das Gesicht des Bösen, Piper Verlag, München 2005

Eigel, Christine: Die Ettlinger Wilhelmshöhe 1898-2008, Hotel – Olympiastützpunkt – Künstlerhaus, verlag regionalkultur, 2008

Fontane, Theodor: Wanderungen durch die Mark Brandenburg, Ullstein Verlag, Frankfurt, 1974

Gathmann, Peter und Paul, Martina: Narziss Goebbels, Böhlau Verlag, Wien 2009

Görtemaker, Heike B.: Eva Braun, Das Leben mit Hitler, C.H. Beck Verlag, München 2010

Haasis, Hellmut G.: Tod in Prag, Das Attentat auf Reinhard Heydrich, Rowohlt Verlag, Reinbek 2002

Heilmeyer, Ludwig (Hrsg.): Lehrbuch der Inneren Medizin, Springer Berlin 1955

Hilton, Christopher: Hitler's Olympics, The 1936 Berlin Olympic Games, Sutton Publishing, Gloucestershire, 2001

Ivanov, Miroslav: Atentát na Reinharda Heydricha (Attentat auf Reinhard Heydrich), Praha, Panorama, 1979. Edice: Stopy, fakta, svědectví.

Kluge, Volker: Olympische Sommerspiele. Die Chronik I. Athen 1896 – Berlin 1936. Sportverlag Berlin, 1997

Miller-Kipp, Gisela (Hrsg): Auch Du gehörst dem Führer (Geschichte des BDM in Quellen und Dokumenten), Weinheim und München: Juventa Verlag, 2001

Rogalla von Bieberstein, Johannes: Die These von der Verschwörung, Flensburger Hefte Verlag, 1994

Rürup, Reinhard (Hrsg): 1936, Die Olympischen Spiele und der Nationalsozialimus, Dokumentation zur Ausstellung Berlin/Bonn 6/1997

Sacks, Oliver: Awakenings, Perennial 1990

Steinhöfer, Dieter: Hans von Tschammer und Osten, Bartels & Wernitz, Berlin 1973

Stehlík, Eduard: Lidice: Příběh české vsi (Lidice, die Geschichte eines böhmischen Dorfes), nakladatelství v Ráji, Praha, 2004

Weimann, Waldemar/ Prokop, Otto: Atlas der gerichtlichen Medizin, VEB Verlag Volk und Gesundheit, Berlin 1963

Wildmann, Daniel: Begehrte Körper: Konstruktion und Inszenierung des „arischen Männerkörpers“ im „Dritten Reich“ Würzburg 1998: Königshausen & Neumann

Zeitschriften:

Deutsche National-Zeitung, Montag 19. September 1938

Kasseler Post, 19. September 1938

Der Spiegel 17.9.1938, „Eines Tages“, Geschichte Olympia 1936, Autor Stefan Berg

Filme:

Heydrich – konečné řešení (Heydrich – Die Endlösung), Fernsehserie, 44 Teile, 2011, Tschechische Republik

Atentát (Das Attentat) – Spielfilm, ČSSR 1964, Regie Jiří Sequens

Lidice – Spielfilm, Tschechien 2011, Regie: Petr Nikolaev

Olympia 1. Teil – Fest der Völker, Olympia 2. Teil – Fest der Schönheit,

Deutsches Reich 1938, Regie Leni Riefenstahl

Opus pro smrtihlava (Opus für den Totenkopf), Dokumentarfilm, ČSSR 1984, Regie Karel Maršálek

Weitere Informationen habe ich aus dem Internet bezogen

Der vorliegenden Prosa ging das Drehbuch »Auftritt Hochspringerin« voraus, das eine »honorable mention« beim Wettbewerb »write movies« in Los Angeles erhielt.

DANKSAGUNG

Mein Dank gebührt in erster Linie Lena-Alexa Schillingmann für ihre unschätzbare Hilfe bei den Recherchen.

Weitere Anregungen bezüglich der historischen Tatsachen sowie der Textgestalt verdanke ich Dr. Berno Bahro, Dr. Sabine Schulte, Daniele Dell´Agli, Sylvie Schoch, Gertrud Salm und anderen.

Impressum

Satz/ Layout: Jolanta Johnsson

Umschlag: Jolanta Johnsson unter Verwendung eines Bildes der Statue eines Hermaphroditen, 1. Jhdt. n.Chr., mit Genehmigung des Ministerio della cultura, Museo Archeologico Nazionale di Napoli

Druck: BookPress, Olsztyn

ISBN 978-3-948156-72-5